여치와 사담

여치와 사담

도서
출판 북인

여치와 사담

조귀순 수필집

도서
출판 북인

작은 울림으로

하늘빛에 눈이 부시다. 두둥실 떠 있는 구름을 쫓아 강변으로 나갔다. 반짝이는 강물 위에 엉킨 나뭇가지가 나룻배처럼 떠 있다. 거기에는 두루미 한 마리가 타고 있었다. 서 있는 모습이 마치 뱃사공 같다. 유유자적 유람 중인가. 내가 저기에 타고 있었다면 어떤 생각을 했을까. 수필을 쓰면서 사물에 관심이 많이 생겼다. 본 대로 일어난 마음을 몇 줄 적고 다듬어서 글항아리에 넣었다.

오랜 망설임 끝에 글항아리 속에 재워둔 글들을 꺼내놓는다. 일상에서 떠오른 생각의 조각들을 엮은 것이다. 내 안에 고여 있던 알량한 사유 몇 줄도 글 틈새에 껴넣었다. 오래 묵혔으나 숙성이 덜 된 것도 있고 제대로 영글지 못해 풋내가 날지도 모른다. 살아온 날들을 온전히 기억할 수는 없고 짧은 소견을 드러내자니 부끄럽다. 그래도 누군가의 마음에 작은 울림이 있으면 좋겠다. 읽으면서 잠시나마 자기 삶 속의 풍경을 돌아보게 된다면 더할 나위 없이 기쁘겠다. 가끔, 멈춰 서 있던 시간이 헛되었다 싶었는데 돌아보니 그 망설임도 내겐 필요한 흐름이었다. 아마도 풋과일이 익어가는 시간이 아니었을까 싶다.

글을 놓지 않도록 잡아주신 구자룡 선생님, 폭넓게 보는 눈을 길러주신 김종완 선생님께 감사드린다. 글 쓰는 아내라고 치켜준 남편, 언제 책이 나오는지 궁금해하는 두 아들 며느리에게 고맙다. 책 뒤표지에 글을 써주신 선생님께도 심심한 감사를 드린다.

2025년 늦가을에

조귀순

제 1 부

나는 귀순이다

되탕

남자가 돌아왔다. 개울가에 복숭아꽃이 활짝 핀 봄날 해질 무렵이었다. 앞마당으로 들어선 남자를 보고 여자는 들고 있던 빗자루를 내던지며 비명을 질렀다. 남자는 쓰러질 듯 휘청거리는 여자를 끌어안았다.

"애엄마, 나요. 나, 내가 왔소."

"애아부지? 애아부지요? 애아부지가 맞어요?"

울음을 터뜨린 여자는 꿈인가 싶어 자신의 팔뚝을 꼬집어보았다. 세 살배기 딸아이의 엉덩이를 철썩 때렸다. 아이가 아프다고 우는 걸 보니 꿈은 아니었다.

남자는 징용으로 끌려갔다. 한국전쟁 중 북한군이 두 번째 남침한 때였다. 마을에 들어온 북한군은 젊은 남자들을 보는 대로 잡아갔다. 남자들은 산속에 숨어서 찬밥덩이로 끼니를 때우며 버텼으나 이념이 달랐던 한 사람이 북한군에게 일러바쳐 잡혀갔다.

갓 서른의 여자는 눈앞에서 남자를 보냈다. 기가 막힌 노릇이었다. 여자는 남자가 살아만 돌아오게 해달라고 새벽 첫 두레박으로 길어올린 물을 장독대에 올리고 치성을 드렸다. 손바닥이 헐도록 빌었다. 그리고 행주치마로 눈물을 훔치며 밥솥 아궁이에 불을 지폈다. 검불과 여자 속이 타닥타닥 타들어갔다. 흰쌀 한 줌 없은 쪽에서 남자의 밥부터 푸고 고봉으로 퍼담은 밥주발을 부뚜막에 올려놓았다. 어느 때고 남자가 돌아와서 이 밥을 먹을 거라며 하루도 거르지 않았다. 그 정성이 하늘에 닿았을까. 남자가 이태 만에 돌아왔다.

여자는 마루에 걸터앉은 남자에게 냉수 한 사발을 내놓았다. "정녕 이게 꿈은 아니지요?" 또 물었다. 남자는 냉수를 쭉 들이켜고 빈 사발을 든 채 여자를 쳐다봤다. "꿈 아녀. 정말 기적적으로 살아왔소. 천운이지, 천운. 근데, 저어, 나 사람 하나 델구 왔오. 여자여. 남자 혼자서는 위험해서 도저히 넘어올 수가 없었소."

일순간 정적이 흘렀다. 남자는 여자 대답을 무시하고 대문 밖으로 나가더니 젊은 여자의 손목을 잡고 들어왔다. 여자는 또 넋이 나갔다. 차라리 그리워하며 사는 게 나았을까. 남자는 이 여자가 아니면 살아올 수가 없었다며 넘어온 경위를 설명했다. 어디인지 모르는 전쟁터, 언제 죽을지 모를 공포에 떨면서 오로지 고향으로 돌아갈 일념으로 이를 악물고 버텼다. 낮엔 포 소리에 웅크렸고 해가 지면 암흑천지라 떨었다. 명주실만 한 불빛이라도 새어나가면 남쪽 비행기의 폭격이 떨어질까 무서워 절대로 불을 켜지 못했다. 도망치려면 어둠이 유리하겠구나.

그림자도 없을 그믐밤이 적격이었다. 한번 기회를 놓치자 또 한 달이 훌쩍 넘어갔다. 애가 탔다. 남자는 달 모양을 관찰하며 보름달이 뜨면서부터 잔기침을 해댔다. 하루, 이틀, 시나브로 달은 기울고 습관처럼 해대는 기침에 사람들 반응도 무뎌졌다. 죽어나가도 그만인 판에 남의 기침 따위는 걱정할 여건이 아닌 게 다행이었다.

드디어 그믐날 밤, 남자는 초저녁부터 기침을 했다. 몇 번 들락날락하며 가래침을 뱉었다. 첫잠에 코 고는 소리가 뒤죽박죽일 때 밭은기침을 하며 방문을 열었다. 캬아악, 가래침을 뱉는 척하며 나왔다. 오줌 누는 시늉을 하고 서서 돌아보니 아무도 내다보는 사람이 없었다. 그 길로 냅다 뛰었다. 처자식에게로 가려고 목숨을 내던졌다. 끌려가지 않으려고 버티다 두들겨 맞아 성치 못한 다리로 뛰었다.

별자리로 방향을 찾았다. 낮엔 산속에 숨고 밤에만 숲을 헤집어 며칠, 어슴푸레 먼동이 틀 무렵 민가 한 채가 보였다. 기진맥진하며 헛간으로 숨어들었다. 깨어나보니 노부부만 살고 있는 집이었다. 동족상잔의 비극을 겪는 젊은이가 가엾어 보였을까. 노인이 밥을 내주고 며칠 묵어보라더니 당분간 그쪽 사람처럼 살라며 숨겨주었다. 그리고 어수선한 시기에 내려가라고 일러주었다. 남자 혼자는 위험하니 여자를 데리고 가라며 기회를 봐줬단다.

남자의 말을 듣고 여자는 며칠 밤을 뜬눈으로 지새웠다. 그리고 시국이 만든 현실을 받아들였다. 영영 못 돌아올지도 모를 타지에서 젊은 남자의 혈기와 전쟁의 불안과 외로움은 공포였을 것이다. 홀아비인 줄 알고 따라왔을 젊은 여자도 가여웠다. 여자는 젊은 여자에게 입을 만한 옷가지를 내주고 남자가 잡혀갔을 때 잠시 머물렀던 큰집 사랑채로 갔다. 하지만 농사는 지어야 먹고살 게 아닌가.

여자는 건넌방으로 들어갔다. 도망쳐 오느라 기력이 쇠약해진 남자를 그냥 보고 있을 수만은 없었다. 난리 끝에 산골에서 보양식이라 한들 뭐가 있겠는가. 집에서 기르던 닭을 잡고 수시로 콩을 불렸다. 남자가 콩 음식을 좋아했다. 밤새 맷돌에 콩을 갈아 두부를 만들고 되탕을 끓여댔다. 맷돌을 돌리면서 여자는 마음의 응어리를 풀어냈다. 그런데 젊은 여자에게 태기가 있다는 걸 알았을 땐 눈앞이 캄캄했다. 이 여자가 아들을 낳으면….
아들이 우선인 세상에서 조강지처 자리도 위태로웠다.

세상 이치는 본바탕대로 흐르는 것일까. 젊은 여자가 떠났다.
온다간다 말도 없이 사라졌다. 남자는 온 동네를 샅샅이 뒤졌
다. 읍내를 헤집고 다녔으나 허사였다. 남자는 한동안 입을 닫
았다. 동트면 지게를 둘러메고 산으로 올라갔다가 해질녘에야
돌아왔다. 목숨을 내놓고 따라와준 젊은 여자, 당신을 다시 태
어나게 해줬는데 어찌 잊을 수 있겠는가. 사람들은 필시 뱃속 아
이가 잘못되어 머물 구실을 잃은 것 같다고, 무던히도 잘해준 여
자에게 미안해서 스스로 떠난 것 같다고 말들을 했다. 여자는 도
를 닦듯이 마음을 삭이며 남자 입맛을 돋우려 더 진하게 되탕을
끓여냈다.

남자가 산에 가는 횟수가 줄었다. 울 안팎을 손보고 삐걱대던
마루도 평평하게 맞췄다. 안방 문짝의 묵은 창호지를 뜯어 아궁
이 불에 처넣었다. 말로는 뱉어내지 못하는 묵은 속내도 같이 태
워버렸으리라. 햇살 받은 새 문풍지가 뽀얗게 말라갔다.

그 후 나에게는 둘째 언니가 생겼다.

＊되탕 : 포천, 연천, 철원, 황해도 등지에서 먹던 토속음식으로 콩을 되게 갈아서 쑨
다 하여 붙여짐.

수세미 보살

사부작사부작 오솔길을 걸어간다. 들꽃이 군데군데 피어 있다. 사람의 발길이 뜸했던지 길이 소삽하다. 숲에서 놀던 새가 인기척에 놀라서 날아간다. 조그만 나무표지판이 보인다. 비바람에 쓸린 널빤지에는 암자 이름이 적혀 있다. 왠지 노승이 암자의 처마 아래 앉아서 초가을 볕을 쬐고 있을 것만 같다.

허름한 암자엔 아무도 없다. 내가 댓돌에 걸터앉는다. 하늘이 유난히 파랗다. 뭉게구름을 따라가다 무심한 시선이 나무 울타리로 간다. 주렁주렁 달린 저것, 수세미다. 어릴 적 우리 집 울타리에도 많이 열렸었다. 아스라한 추억에 이끌려 나는 울타리 아래 쪼그리고 앉는다.

가녀린 수세미 줄기는 오이 넝쿨처럼 나뭇가지를 타고 올라간다. 꽃도 오이꽃과 비슷하다. 크기나 모양으로 봐선 박꽃을 더 닮았다. 꽃 진 자리에 맺힌 열매가 영락없는 오이다. 길쭉한 호박같이 자란 몸피는 우툴우툴한데 속살은 달빛처럼 뽀얗다. 고운 모시 가닥을 올올히 풀어서 씨줄과 날줄로 정연하게 짜놓은 듯하다. 초가지붕 위 박꽃과 어우러진 풍경은 평온했다.

암자 뒤꼍에서 인기척이 들린다. 스님이 계셨었나, 벌떡 일어나 합장하고 보니 왜소한 노보살이다. 그는 잡풀을 뽑고 있었다. 흘러내린 흙을 두둑으로 걷어올린 흔적이 보인다. 들꽃들이 쓰러지지 않도록 북을 주었다. 자생으로 자라난 꽃들을 그대로 놔두었다. 장독대에는 하얀 부추꽃과 연노랑 돌나물꽃이 피어 있다. 인사를 나눈 그는 이내 돌아앉아 호미질을 계속한다. 형체는 분명 있는데 색도 향도 없고 마른 등이 깊다. 가꾼 잡초를 보면서 그의 흔적이 장인의 손길로 보인다.

몇 달 전, 조간신문 끝자락에서 수세미 기사를 봤다. '천연수세미로 자연친화적인 예술 시도'란 전시회 글이다. 수세미가 열리던 수채화 같은 풍경이 떠올라 나는 신문을 펼쳐놓은 채 광화문 갤러리를 찾아나섰다.

내 유년에서 수세미가 열린 울타리를 떠올리면 애틋함이 있다. 가끔 혼자 있는 시간에서 오는 허기를 그 언저리에서 달랬다. 벽돌담과 달리 수세미가 달렸던 영성한 울타리에서 봄날의 따스함이 피어났다. 그렇다고 수세미가 물건으로 각별한 건 아니었다. 수세미라 하면 구정물과 연관지었고 하찮게 여겼다. 우물가나 싱크대에 늘 있어도 예나 지금이나 눈여겨보지 않는 건 마찬가지다. 지금 메탈릭사로 짠 탐스러운 꽃 모양 수세미를 쓰고 있으나 별 감정이 없는데 수세미로 예술 시도라니 궁금했다.

전시장에 진열된 창작예술품은 예사롭지 않았다. 수십 개의 천연 수세미를 뭉치고 다듬어 입체물을 만들었다. 보도블록을 시작으로 김환기 화백의 회화에 등장하는 달항아리와 옹기 등 상상 그 이상이었다. 천연염색을 하고 옻칠을 입혔다. 작가는 창작의 소재를 찾다 문득, 바람에 풍화되어 버려졌던 수세미가 떠올랐다고 설명해주었다. 자랄 때 너무 흔해서 버려졌던 수세미가 늘 가슴 한 켠에 남아 있었단다. 한번은 새로 태어나게 해주고 싶었다는 그에게서 수세미에 대한 애잔함이 보였다. 새로운 형태로 태어난 수세미, 세상에 모든 존재는 누구를 만나느냐에 따라 가치가 다르달까. 하찮은 것에 쓰임이 얼마나 위대한지를 보여주었다.

노보살이 수돗가로 나왔다. 그는 별말 없이 퍼러죽죽하게 풀물 든 손만 수세미로 문지른다. 마땅한 인사말이 궁색한 나는 힘든 일을 혼자서 하셨냐고 물었다. "아무나 하면 되지요. 늙은 몸도 쓰일 데가 있네요." 대답하는 그의 표정이 온화하다. 나는 어째 우문현답 같아 멋쩍었다. 내가 그에게 묻는 말은 내 마음이고 그가 한 대답은 내게 전하는 말이다. 그는 가끔 혼자 와서 뜰 정리를 한단다. 풀은 풀대로 꽃은 꽃대로 제 향기를 내다 사라지는 걸 느껴본다고 하였다. 그 말과 손에 들린 수세미와 들풀이 동일시되어 내 가슴으로 들어와 앉는다.

보살이 수세미를 걸어놓는다. 제아무리 커봐야 겨우 여자 손 안에 쏙 들어가는 크기이다. 성글게 생겨 바람을 거르지 않고 물의 흐름도 막지 않는다. 타자의 더러운 데를 씻어주고 스스로는 더러워지지 않는 성정을 지녔다. 흔히 어수선한 감정이나 뒤엉킨 머리카락으로 비유하지만 정작 깨끗이하는 역할을 하는 건 수세미가 아닌가.

한 자락 바람이 내 등을 스치고 먼저 내려간다. 아무나 하는 일이 따로 있는 게 아니란 노보살의 말이 내 뒤를 따라 내려왔다. 나는 내 안에서 정형화된 쓰임의 더께를 벗겨냈다.

싱크대 앞에 섰다. 결혼하고부터 밥 짓는 일이 숙명처럼 주어
진 자리다. 삼십여 년을 드나들던 주방이지만 새 며느리와 명절
을 쇠려하니 손볼 곳이 많다. 시어미인 내 모습을 고스란히 보
여주는 곳이 아닌가. 책잡히고 싶지 않은 마음이 앞선다. 언제
사들인 건지 싱크대 하부장 안쪽엔 냄비와 궁중팬, 유행 지난 접
시들이 그득하다. 그릇 꺼낸 바닥의 묵은 먼지를 닦아내면서 나
는 옛날 부엌으로 빠져들었다.

내 어릴 적 부엌은 장작과 검불을 때니 재티투성이였다. 나는
아궁이 속 불꽃과 타닥타닥 타들어가는 장작 소리가 좋았다. 여
름에는 보릿짚, 가을엔 콩대나 깻단도 땠다. 바람이 요동치는
날엔 굴뚝으로 빨려 들어가던 불길이 여차하는 순간 아궁이 앞
으로 솟구쳐 나온다. 먹구름 같은 연기가 불꽃을 덮고 꾸역꾸역

기어나왔다. 서까래와 천장에는 박꽃 같은 그을음이 주렁주렁 달렸다.

　추석을 앞둔 어느 날 저녁이었다. 어둑할 때까지 곡식을 턴 어머니는 그 밤에 살강 안의 그릇들을 죄다 꺼냈다. 살강은 부엌 뒷문 옆 한쪽 벽에 나무로 짜맞춘 찬장이다. 어른 허리춤에서 위쪽으로는 어머니가 깨금발을 해야 손이 닿을 만한 높이였다. 꽤 널찍했다. 살강 아래에는 장작을 쌓기도 하고 짠무 단지나 오이지 항아리를 두었다. 살강 위 안쪽으론 커다란 상과 시루, 볍씨와 떡살 담글 때 쓰는 자배기같이 어쩌다 쓰는 물건들을 얹어두었다. 앞쪽에 아버지의 막걸리 소반이 있다.

　그릇들을 빼낸 살강 구석엔 마른 쥐똥이 있었다. 나무문도 틀어지고 황토에 볏짚 섞어 바른 바람벽엔 쥐구멍이 숭숭 뚫려 있었다. 그런 구멍은 어머니의 가슴속에도 나 있을 것 같았다. 아궁이에 땔나무를 밀어넣으며 쓰린 마음을 태우고 재로 메웠을 것이다. 거미줄과 쥐똥을 말끔하게 쓸어내고 어머니는 허리를 폈다.

　어머니를 따라 뒤꼍 우물가로 갔다. 쪼르르 놓인 큰 다라에 어머니는 두레박으로 우물물을 길어 부었다. 나는 남포등을 우물 옆 장독대에 올려놓았다. 가을 저녁 바람에 호야 속 불꽃이 비뚝비뚝하다 꺼졌다. 어머니는 무심하게 사기그릇을 씻었다. 나는 애벌 씻은 그릇을 헹궜다. 컴컴하던 사위가 점차 훤해졌다. 한가위를 앞둔 둥그런 달이 우물가를 비췄다. 어머니의 가느다란 등허리에도 달빛이 내리고 싸리 광주리에 엎어놓은 사기그릇에도 비췄다. 자배기 물속에 가라앉은 달은 나울나울 춤을 추었다.

밤새 물기 마른 그릇들을 어머니는 살강 안에 모다기모다기 엎어놓았다. 아버지 생전에 쓰셨던 밥주발과 국대접은 따로 깊숙이 넣었다. 밥주발의 복福, 국대접에 수壽라 새겨진 글자가 마치 기도문처럼 보인다. 아버지의 고봉밥을 푸면서 복과 명을 얼마나 빌었던 걸까. 청색 글씨가 희끄무레하게 바랬다.

어머니에게 부엌이란 어떤 곳이었을까. 손님을 편하게 맞아들인 사랑방이었을까. 마음을 치유하는 쉼터였을까. 대청마루에서는 들리지 않던 어머니 목소리가 그곳에선 소통의 중심이 되었다. 나물을 무치고 녹두 부침개를 노릇하게 지져내던 들기름 냄새가 배어 있다. 손맛을 통해 한 사람의 존재감을 확인하는 곳이다. 한 구비 돌아설 때 겪은 설움을 혼자 삭이던 쓸쓸한 모습도 그 안에 담겼다. 어머니의 삼동서가 나누던 이야기는 아릿하면서도 정이 물씬 들어 있다. 이웃 아주머니들과 밥을 썩썩 비벼먹으며 가까운 사이가 되고 웃음은 아궁이를 통해 굴뚝으로 빠져나갔다. 없는 살림에서도 고루 음식을 담아낸 그릇들 안엔 넉넉한 마음과 어머니의 속정이 숨을 쉬고 있었다.

　싱크대가 산뜻해졌다. 짝이 맞지 않는 그릇들은 추려냈다. 새로 산 접시를 가지런히 올렸다. 아껴두었던 그릇도 앞자리에 보기 좋게 얹었다. 새 며느리와 요리를 하며 대화를 나누고 정서적 유대를 만들어낼 수 있을까. 요즘은 며느리라도 시어머니의 냉장고를 함부로 열지 않는다는데 내가 너무 부산을 떨었나. 점점 집에서 요리를 하지 않아 식탁 풍경이 바뀌고 있다. 어쩌면 새 식구를 맞이하느라 부엌을 손보는 일도 내가 마지막 세대일지 모르겠다. 나를 보여주는 이 부엌도 며느리의 기억 속에나 간직될 것 같다. 오래 전 어머니의 살강처럼.

재래시장 안에 처음으로 대형 슈퍼마켓이 생겼다. 복잡한 시장골목에서 부대끼지 않고 과일, 정육, 생선 등 한번에 장을 보았다. 공산품도 눈에 쏙 들어오게 진열되어 예정에 없던 물건을 사게 되었다.

물건값을 치르는데 딱 10원이 부족했다. 전업주부에게는 신용카드 발급이 안 되던 때였다. 집 근처 구멍가게라면 다음에 갖다줘도 될 일이었다. 주인아줌마가 내비둬, 할 때도 있었는데 대형 마트 계산원은 직원이었다. 얼른 라면 한 개를 빼려는데 "10원 내가 줄게요." 앞서 계산을 마친 여자가 동전을 내주었다. 일반 가정집에 전화기도 흔치 않았다. 공중전화비가 20원쯤 되었나. 암튼 10원이면 천 리에 떨어진 부모님의 안부를 들을 수 있었다. 연인은 사랑을 돈독하게 키우고 영업사원은 기백만 원짜리 계약도 따내는 거금이었다. 나는 장바구니에 담긴 물건을 거저 얻은 기분이 들었다.

내 또래로 보인 여자는 가수 정훈희를 닮았다. 늘씬한 몸매에 꽃무늬 홈드레스를 입고 미인대회에 나오는 지라시 파마를 하였다. 범접할 수 없게 외모가 돋보였다. 어디쯤 사는지 묻고 헤어졌는데 우연히 동사무소에서 다시 만났다. 밖으로 나돌 것만 같던 그녀는 집순이였다.

그녀 집 현관으로 올라가는 계단의 작은 화분에 꽃이 소복하게 피었다. 화초를 가꾸며 만날 방구들과 맞붙어 있다는 말에 낯선 벽이 허물어졌다. 흰 옥양목에 수를 놓아 가전제품 덮개를 만들어 씌웠다. 소설을 읽다 지루하면 덮어놓고 옷 수선을 하며 그렇게 놀고 있었다. 박음질은 재봉틀만 있으면 금방 둘둘 박을 일이었다.

"내가 재봉틀 빌려줄게요."

작은애를 유치원에 보내고 나는 홈패션을 배웠다. 어릴 적 아버지 한복을 손수 짓던 어머니를 보고 자라선지 바느질이 낯설지 않다. 홈패션 교실에 등록하자마자 남편 월급을 뚝 떼서 최신형 전기 재봉틀을 사버렸다. 케이스가 있어 보관도 간편했다. 내게 재봉틀은 쏘니 전축보다 귀한 보물이 됐다. 그런 재봉틀을 나는 그녀가 10원짜리 동전을 내준 것처럼 자청해서 차로 실어다주었다.

그녀 남편이 제주도로 발령이 났다. 애들 학교 때문에 떨어져 지낸다더니 그녀도 따라 들어갔다. 금방 올 거라고 짐은 창고에 두고 떠난단다. 재봉틀을 주고 가라고 했을 땐 이미 짐 속 어디에 들었는지 몰랐다. 돌아오면 그때 달라고 했다. 바느질이 시들해졌을 때라 미뤄도 괜찮았다.

그녀는 멋진 챙모자를 쓰고 바닷가를 누빈다고, 이웃집 밀감밭으로 마실도 간다면서 섬 여인이 되었다. 한번 정착한 곳을 떠나오긴 쉽지 않았다. 더구나 육지인이 동경하는 제주살이가 아닌가.

몇 년 후 그녀가 돌아왔을 때 재봉틀은 어디에 있는지조차 모르고 있었다. 창고 월세 때문에 짐을 장기간 놔둘 수가 없었다고, 큰아들이 이미 본가와 외가로 분산을 시켰단다. 찾아보면 어디엔가 있을 거라고, 곧 찾아줄 것 같더니 십수 년이 흘렀다.

세월에 많은 기억이 잊히지만, 되돌아오지 않은 물건 하나가 떠나지 않는다. 사람보다 물건에 얽힌 사연이 더 소중한 것인가. 나는 재봉질을 하면서 손바느질하던 어머니와 얘기했고 옷을 깁던 모습을 수시로 만났다. 지난 날의 결핍을 깁고 천을 잇듯이 충족을 이어 달았다. 사물을 보는 눈도 조금 트였는지, 찔릴 것만 같던 바늘이 이미지와 달리 강하지 않다는 것도 알게 되었다. 바늘은 실을 도와서 해진 걸 기워주고 실의 발자국을 남긴다. 뭉툭한 귀가 때론 부처 귀를 닮았다는 생각도 들었다.

　사람에게 물건을 빌려준다는 건 마음 한 칸을 열어주는 일이지만 기억의 무게는 각자 달랐던 것 같다. 사람도 물건도 쓸모에 따라 잊히고 버려지는 건가. 나는 반짇고리에 남았던 재봉틀용 바늘 한 쌈을 꺼냈다.

배냇저고리

“어멈아! 저기 말이다. 배냇저고리 있쟈? 나 그 옷고름 좀 쬐끔만 잘라다오.”

“배냇저고리 옷고름을요?”

“쬐끄맣게, 손가락 한매디쯤이면 되여.”

큰아들이 네 살 때였다. 웬만해선 우리 방에 잘 오지 않던 어머니가 발소리를 죽이며 2층까지 올라오셨다. 배냇저고리 옷고름을 잘라달라니, 내가 혹시 잘못 들었나. 다시 여쭤볼 겨를도 없이 아니 내가 미처 대답하기도 전에 어머니는 긴요하게 쓸 데가 있다고 덧붙였다.

엄마의 자궁에서 나와 맨 처음 입는 옷 배냇저고리. 태기를 느꼈던 달부터 나는 출산준비물을 적어보면서 뒤설렜다. 벅차오르는 기쁨에 마음이 들썽거렸다. 나의 첫아기, 말만으로도 너무

나 신성하고 고결하여 몸에 전율이 느껴졌다. 출산예정일을 두어 달 남기고 신생아용품을 사러나갔다. 아기 살결처럼 보드라운 옷감의 배냇저고리를 골랐다. 비록 예전 어머니처럼 손수 한 땀 한 땀 바느질로 지은 수제품은 아니지만, 열 달 내 정성들인 어미 마음이 올올이 스며들 만큼 정성을 들였다.

아이는 하루가 다르게 포동포동 살이 올랐다. 한 달 반 남짓 입힌 배냇저고리의 품이 작아졌다. 세상 빛을 보며 첫 번째로 입었던 각별한 옷이기에 나는 정갈하게 손질하여 상자에 담아두었다. 아이가 성인이 될 때까지 무탈하게 자라길, 훌륭한 사람이 되길 바라는 나의 염원을 함께 넣었다. 그 마음이 온전하게 전해지길 바라면서 장롱 서랍 깊숙이 보관 중인 너무나 소중한 물건이었다. 그런 옷에 흠집을 내고 싶지 않았다. 하지만 어머니 당부를 차마 거절할 수는 없었다. 나는 마지못해 서랍을 열었건만 뽀얀 배냇저고리를 본 어머니 표정은 함박꽃처럼 환하게 피어났다. "궁금하쟈? 느이 넷째 시숙에게 쓰려고." 어머니는 겸연쩍은 미소를 보이며 아래층으로 내려가셨다.

넷째 시숙님은 어느 날 갑자기 대전 본가로 오셨다. 젊은날 꿈꾸었던 고시 공부를 마지막으로 한번만 더 해보겠다는 결정이었다. 어머니는 한 치의 의심도 없이 시숙님의 뒷바라지에 들어갔다. 한 끼 때만 놓쳐도 팔다리가 후들거린다고 하셨는데 매사

시숙님이 우선이었다. 자식은 어머니의 공으로 빚어지는 것인
가. 시숙님의 보약은 늘어나고 어머니 무릎에는 파스가 덕지덕
지 붙었다. 운이 좋다는 사찰을 찾아 남해 보리암으로 대구 갓
바위로 설악산 봉정암까지, 동서남북 높고 먼 길을 틈만 나면 찾
아가 기도를 올렸다.

그런 중 큰 시험 보는 날 배냇저고리를 입혀 보내면 합격한다
는 말을 들으셨다. 양복 등판 속에 몰래 꿰매주면 좋다는데 행
여라도 시숙님 심기를 건드릴까봐 염려스러웠다. 묘책으로 저
고리 대신 옷고름만 지녀도 효험이 있다는 말을 철석같이 믿으
셨다. '설마, 그럴 리가 있을까?' 하다가 감히 부정타는 마음조차
내서는 안 될 일이었다.

배냇저고리 고름이 얼마나 질기다고 가위질하는 내 손이 떨
렸다. 댕강 잘린 끈 쪼가리를, 어머니는 그것이 마치 금쪽이라
도 되는 양 두 손으로 고이 품었다. 아픈 자식을 살릴 수만 있다
면 묘지 속의 해골 물도 구해오겠다는 이가 어머니라더니, 여린
풀포기라도 잡고 싶은 심정이 오죽 절절했으면 새 며느리인 내
게 부탁을 하셨을까. 살림을 도맡은 며느리와 나머지 자식들에
게 당당하게 내보이고 싶으셨으리라.

그 후 나는 한쪽 옷고름이 잘려나간 배냇저고리가 자꾸 거슬
렸다. 마음 한구석에 체기가 있는 듯 더부룩하고 무지근했다.

않고 쏟아내야만 하는 생리통처럼 주기적으로 배냇저고리가 떠올랐다. 훗날 내 아이가 설령 판검사 시험을 본다 해도 여벌이 있으니까 괜찮다고 혼자 자문자답하면서 한 달을 넘겼다. 옷고름 하나 내놓고 가문의 영광에 공치사라도 할 수 있겠다고 위안하며 또 한 달. 유독 옷고름에 얽매일 땐 제 큰아버지가 법조계에 있어 내 아이도 든든하겠다는 진통제로 썼다. 그러면서도 옷고름을 자른 일로 우리 아이에게 어떤 좋지 않은 일이 생길까봐 순간순간 마음을 졸였다. 이 또한 어미의 마음이런가.

큰애가 대입 수능시험을 보았다. '가군'에서 떨어지고 '나군'에선 대기 3번이었다. 절대 빠져나갈 리가 없을 거라는 예측이 현실로 닥쳤다. 오로지 한 가닥 남은 희망을 '다군'에 걸었다. 합격 소식을 기다리는 아들 모습을 보고 있자니 간장이 녹아내렸다. 절박한 심정이 되고 보니 옷고름 쪼가리를 고이 받든 어머니가 떠올랐다. 비록 시숙님에게 배냇저고리의 효험은 없었지만, 어머니처럼 자식이 합격만 한다면 나도 뭔들 못해보랴 싶었다.

다행히 배냇저고리 고름을 지닐 일은 생기지 않았다. 옷고름이 잘린 배냇저고리는 두고두고 모성을 생각하게 했다.

세일링, 그리고 달

휴일, 운동화를 빨아널고 방문 앞에 걸터앉았다. 모처럼 아무 일도 없는 편안함이 모든 걸 가진 듯 여유로웠다. 감잎은 함치르르 윤기가 흐르고 안채 옥탑방 지붕 꼭지는 하늘에 닿은 듯이 맑다.

"어머 어머! 저게 뭐야?"

봄볕에도 눈이 부시다던 친구가 옥탑방을 가리켰다. 앉은키만 한 창문으로 젊은 여자가 히죽이 웃고 있었다. 헝클어진 머리도 예사롭지 않은 여자를 이 집에서 처음 보았다. 순간 동물적 감각인가. 수돗가에 있던 할머니가 고개를 획 돌렸다. 할머니는 주물대던 빨래를 내던지고 단숨에 뛰어들어갔다. 땅딸막한 몸이 그렇게 재빠를 수 있을까. 옥탑방 창문이 세찬 바람에 떠밀리듯 닫혔다.

화창했던 공기가 쎄하다. 이 집은 친구와 자취방을 구하러 다니다가 음료수를 사러 들어간 가겟집 아줌마에게 소개받았다. 월세가 싸고 마을 끄트머리라 한적했다. 단층 슬래브집 옥상 앞머리에는 삼각형의 빨간 지붕을 뾰족하게 얹어놓았다. 그림책에서나 본 듯한 쪼그만 창문이 열리면, 뻐꾸기가 뻐꾹뻐꾹 노래하고 들어갈 듯 정감 있었다. 우리 방은 철대문 오른편으로 안채와 기역 자로 덧댄 별채였다.

"저기, 놀랐쟈? 미안햐. 큰딸인디 정신이 온전치 못햐."

할머니는 셋방을 놓지 못할까봐 큰딸을 옥탑방에 숨겨놓았다. 낮에만 잠깐씩 바람을 쐬주고 일요일엔 가둬놓는데 창문 고리를 미처 잠그지 못했다. 험한 꼴은 안 보일 거라면서 뒤돌아선 할머니의 어깨가 한 뼘은 처졌다. 대문 밖으로 나가면 집을 영영 못 찾아올 큰딸을 평생 껴안고 살아야만 하는 할머니가 안쓰러웠다. 언뜻 저 모녀 속 어느 일부분에 내가 있는 것 같았다.

나는 20여 분은 걸어나가야 한 시간 반 만에 겨우 버스 한번 다니는 산골 생활이 답답했다. 홀로 계신 어머니와 살기에는 명분 있는 직장이라도 가져야 위안을 받을 것 같았다. 면사무소나 군청이 직장으로선 제격이었다. 언니의 도움을 받아 고시학원에 다녔지만 3명 뽑는 합격선엔 근처에도 못 가고 떨어졌다. 발 디딜 곳은 평평하지 않고 도시로 나가야 하는데 혼자 지낼 어머니가 걱정되었다. 언니들이 모두 결혼하면 막내인 내가 어머니를 모셔야 할 책임이 무거웠다.

직장을 찾아 도시로 떠나는 것은 아무렇지 않은 일이다. 대부분이 당연한 듯 홀가분하게 떠난다. 어머니는 아직 괜찮다, 네 앞가림만 잘하면 된다고 했지만 얼마나 외롭고 불안하실까. 옷가지를 챙겨 가방을 싸는데 가슴이 미어졌다. 논둑길을 가로질러 앞산에 있는 아버지 묘지로 달려갔다. 상여를 쫓아가던 아이보다 더 섧게 흐느꼈다. 가로등도 없는 동네, 밤마다 혼자인 어머니를 지켜주셔야만 한다고 아버지께 간청을 드렸다. 어머니는 버스에 가방을 실어주고 태연한 척 돌아섰지만, 머릿수건을 벗어 이마의 땀인지 눈물인지를 훔쳐내던 모습을 가슴에 묻고 떠나왔다.

환경의 적응일까. 마음의 성장일까. 눈앞에서 보이지 않는 일에 무뎌졌다. 무겁기만 한 책임감이 시공간에서부터 벗어나며 어머니와의 유별난 유착 관계에서도 서서히 독립해나갔다. 그런데 할머니를 보며 내 안에 감정이 살아났다. 외로울 거란 어머니에 대한 연민만은 아니었다. 온전치 못한 딸을 가진 게 마치 할머니만의 잘못인 양 주눅든 모습에 대한 강한 거부감 같은 거였다. 할아버지는 왜 그렇게 당당할까. 여자라서 감내해야 하는 이 조화롭지 못함이 어머니가 받은 설움을 불러들였다. 그제야 나는 얼굴이 여드름투성이인 이 집의 막내딸이 보였다. 인사를 하지 않아 버릇이 없다고 여겼던 아이다. 늦둥이고 사춘기이고 철딱서니가 없다고 무시해버렸던 아이의 아픔이 비로소 보였다.

며칠 잠이 오지 않았다. 늦은 밤 마당으로 나왔더니 뽀얀 달이 낮은 슬레이트 지붕을 비추고 있었다. 달빛은 담장을 넘어와 수돗가에 걸쳐 앉았다가 옥탑방 창문에 걸렸다. 이지러진 달이 다락방의 희미한 불빛을 마중했다.

무심히 앉아 햇볕에 머리를 말리던 큰딸의 벙긋한 웃음이 불빛에 아른거렸다. 무욕, 무념의 순수가 따로 없었다. 그날 큰딸과 눈이 마주쳤을 때 나는 미친여자라고 당황하지 않았다. "언니, 사탕 줄까요?" 주머니에서 알사탕 몇 알을 꺼내 그녀의 손바닥에 올려주었다. 언니라는 호칭을 알 리는 없다. 그런 나를 바라보는 할머니 눈에 눈물이 맺혔다. 이후 할머니 안색이 한결 편해졌다. 내 안에서도 오래 묵은 긴장이 풀리고 있었다. 온전히 바라보는 마음에서 조금씩 홀로 서가고 있었다. 나는 책임에서 벗어난다는 것이 아니라 또 다른 의미가 담긴 자유를 알아가는 중이었다.

방에 들어와 라디오 겸용 카세트에 노래 테이프를 끼웠다. I am sailing, I am sailing, home again across the sea… 자유를

향해 누군가를 향해…. Rod Stewart의 〈Sailing〉이 용기를 주고 나를 다독이는 소리로 들렸다.

달도 저만치 흘러가고 있었다.

미신迷信을 미신美噺으로

대체 어느 쪽으로 넣어야 될까. 신도시 아파트 분양에서 또 떨어졌다. 벌써 여섯 번째다. 새 공그가 날 때마다 분양가가 올라가니 열이 오른다. 남편은 내게 어디 가서 좀 물어볼 줄도 모르냐고 하였다. 시어머니는 아들들이 대학에 갈 때마다 어느 방향에 있는 학교에 지원하면 합격할지 점집에 가서 물어보셨단다.

다가구 골목이 시끌시끌했다. 엄마들 서넛이 민수 엄마 얘기에 빠져 있었다. "남편 사업은 순풍에 돛을 달았다는데 그럼 뭐해요. 민수가 공부머리보다 기술 쪽이 빠르겠다는 걸." 그녀는 땅이 꺼지게 한숨을 쉬었다. 민수는 이목구비가 반듯하고 붙임성도 좋다. 인물값은 좀 하겠다니 연예인을 시켜볼까. 초3년생인 아들의 이름을 세상에 날려보고픈 모성은 천 리 앞에 가 있다.

점집은 산 아랫동네 파란 대문집이랬다. 약도를 들고 남편과 찾아갔다. 여느 가정집인데 내 키만 한 괘종시계와 검은 색 피아노에 괜히 위엄이 느껴졌다. 작은방 신당에는 금장을 두른 할아버지 신상이 앉아 있었다. 사탕을 사가면 좋아한다고 민수 엄마가 귀띔을 해주었지만, 난생처음 점집에 간 나는 복채로 소고기를 사먹고 싶은 사람이다.

남편은 아파트 당첨이 너무 안 돼서 왔다고 조급해했다. 성씨와 생년월일시時를 받아적은 보살이 놋쇠방울을 흔들며 엽전을 던졌다. 주발에 소복하게 담긴 쌀알을 집히는 대로 상 위에다 톡톡 던지면서 주문을 외웠다.

"되겠네, 이번에." 남편이 "아! 되겠어요? 그럼 어느 지역으로 넣어야 할~" 말이 끝나기도 전에 보살은 가까운 데 넣으라고 했다. 쉽게 나온 대답에 남편은 싱겁단 표정을 지었다. 보살은 안 되면 이 집 마당에 집 짓고 살라고 큰소리를 쳤다. 그 말에 남편은 방금 당첨 소식을 들은 사람처럼 들떴다. 오길 잘했다는 듯이 나를 바라보며 복채를 놓고 일어섰다.

"저기 엄마는, 암것두 말고 애들이나 잘 키우슈. 말년에 자식복으로 먹구살겠어. 아들들이 변호사, 의사, '사' 자 들어가는 일을 하겠네."

뭐를 해도 하늘에서 도와줄 거란다. 돈 얘기하고 자식 일이라면 나는 자다가도 벌떡 일어난다. 교회 주일학교도 다녔던 터라 아파트 당첨이란 말에도 시큰둥했는데 귀가 번쩍했다. 작은애는 겨우 다섯 살. 큰애부터 보면 사업가 수완은 없는 것 같다. 말수가 적어 변호사도 아닐 것 같다. 받아쓰기는 곧잘 하니, 그럼 박사 코스를 밟게 해야 하나. 나는 아홉 살짜리 아들을 벌써 박사로 만들어놓았다. 그제야 뭐(액막이굿)라도 하라는 건가, 복채를 더 달라는 건지 의심했는데 애들을 잘 키우라 하고 다음 손님을 받았다.

민수 엄마 기분이 꽃피는 봄날이다. 아무래도 민수에게 배우의 길이 열릴 것 같다고 했다. 3층 작은방에 세 들어온 아가씨가 탤런트라고 희희낙락이다. 아가씨는 늘씬하고 세련됐다. 긴 생머리에 오똑한 콧대가 화면발을 잘 받게 생겼다. 청바지를 입어도 섹시하다. 그새 머리 염색을 환타 색으로 바꾸었다.

인심이 푼푼하지 않은 민수 엄마가 그녀 집에 수시로 반찬을 날랐다. 우편물을 챙기고 옥상에 넌 빨래도 개켜주었다. 비싼 수박으로 화채를 만들어 가서는 잘 아는 감독이 있으면 소개해 달라고 노골적으로 얘기를 하고 왔단다. 그녀가 너무나 뜨악한 표정을 지었지만 당연한 거절이라고 이해했다. 민수가 발탁되면 쓰려고 민수 아빠가 아끼는 양즈도 이웃집에 감춰놓았다. 내 아들은 박사가 되려면 장장 이십 년은 걸릴 텐데, 민수의 성공은 코앞에 온 듯하였다.

우중충한 늦가을 애들 마중을 나와 서성였다. 민수 엄마는 양손 가득히 시장을 봐왔다.

"근데 탤런트란 말은 어디서 나온 거예요? 우리 남편이 주택가 입구쪽 작은 상가 앞에서 아가씨를 봤다네. 어둑했지만 셔터 내리는 모습이 꼭 그 아가씨더래."

한 엄마가 말했다. 민수 엄마는 조연이나 단역 수입이 얼마나 되겠냐면서 열심히 부업을 하나보다고 역성으로 받았다. 탤런트란 말은 지하에 사는 할머니에게서 나왔다.

어느 날 그녀가 골목으로 들어왔다. 한 엄마가 요즘 촬영하는 거 있느냐고 물었다. 어리둥절한 표정으로 머뭇대는 아가씨에게 탤런트 아니냐고 다시 물었다. "어머, 맞아요. 탈랜트으, 저희 미용실 이름인데 파마하실 거예요?" 그녀는 약값만 받을 테니 오라면서 올라갔다. 남자들의 미용기술이 한창 세계로 뻗어가던 때였지만 민수에게 미용기술 쪽으로 가보란 말은 누구도 하지 못했다.

우연히 탤런트란 미용실을 발견했다. 30여 년 전 점집 이야기가 어제 일처럼 생생하게 그려졌다. 민수는 엔지니어가 됐을까. 사람들은 미래가 불확실하고 심리적으로 미약해 점집을 찾기도 하지만 사실 사람의 앞날을 어찌 다 알겠는가. 더더욱 아이들의 미래를. 그렇더라도 열심히 살라는 희망의 메시지를 주지 않을까. 용기를 북돋아주는 한마디에 누군가의 삶이 바뀔지도 모를 일이다. 나는 그때 보살이 해준 말을 내 아이에게 영양제로 먹였다. 바르고 부지런한 사람은 하늘이 도와준다는 진리를 가르치는 뜻에서였다. 결과는 차치하고서라도 아홉 살짜리에게는 최고의 덕담이지 않은가.

바로 아파트 당첨도 됐겠다, 어쩌면 '사' 자 아들이 나올 수도 있다는 꿈을 실어주었기에, 그때 나는 미신迷信을 미신美嘶으로 받았다.

＊신嘶 : 이야기 신.

나는 귀순이다

이름에 대한 글을 읽다 피식 웃었다. 유명한 스님의 속가 이름이 여섯째로 태어났다고 육순이었다. 내 친구는 몸에 점이 많다고 점순이다. 출생 당시 그 지역 이름에 성만 붙인 지인도 있다. 저마다의 사연이 담겼다는 점에서 공감이 간다.

아버지 제삿날 밥상에서 이름 얘기가 나왔다. 언니 이름은 조정숙, 조영희, 다 예쁜데 나만 귀신같은 '귀' 자가 들어갔는지 알 수가 없다고 볼멘소리를 했다. 삼십대 중반이었으니 식구들은 모두 뜬금없었을 게다.

여덟 살이 되자마자 아버지가 "핵교가서 조경희! 라고 부르면 손 번쩍 들고 예! 라고 대답하거라" 하셨던 걸 기억한다. 이름 석 자는 알고 가라면서 달력 뒷장에 써보기도 하였다. 그런데 입학을 며칠 앞두고 귀순이라 했다. 굉장히 낯설었지만 나는 왜 그 이름을 갖게 됐는지 물어볼 줄도 몰랐다. 내 이름이 제대로 불려본 적이 없었기에, 새 이름을 받아들이는 데 어려움이 없었는지 모른다.

나는 늦둥이였다. 큰집, 작은집, 고모집까지 통틀어 막내다. 육십이 넘은 지금까지도 나는 그냥 '막내'로 통한다. 귀여운 막내라는 표현은 과장되어 들리기도 했다. 게다가 너무 쪼끄마해서 아주 귀엽다는 애칭으로 '꼬마'라고도 불렀다. 사춘기가 되면서 이름에 불만이 생겼다. '귀' 자가 싫었다. 예쁘지 않으면 고급스럽기나 하던지. '물귀신' '달걀귀신' 같은 귀신이 붙어다녔다. 내가 좀 음전했기 망정이지 말괄량이였다면 아마 뒷간귀신이네 몽달귀신이네, 놀림도 엄청나게 받았을 것이다.

1970년대 순수 우리말 이름짓기가 유행했다. 아름답고 부르기는 쉬웠으나 놀림감이 된단 여론에 개명이 쉬워졌다. 그 참에 성인들까지 개명 바람이 불었다. 여성들도 사회활동이 넓어져 자기 이름을 쓸 기회가 많아졌다. 결혼했다고 누구 엄마, 누구 아내라고만 불리는 세대는 아니었다. 나도 이름을 바꾸고 싶다고 생각해본 적은 있었지만 개명까지 시도는 못했다. 도전적이지 못했고 주어진 대로 살자는 성격 탓이다.

"그 이름 내가 지었네." 나의 볼멘소리가 민망했던 듯 음복하신 아랫집 아저씨가 겸연쩍게 말했다. 먼 당숙인 아저씨는 그때

동네 반장일을 봤다.

"우리 큰애 입학통지서를 받으러 면(사무소)엘 가는데 형님이, 우리 막내 이름도 같이 올리게나, 하셨어. 그땐 출생신고도 바로 안 했으니까. 그해에 낳은 몇 명을 같이 하러 갔었지. 나간 김에 종묘상을 들르고 연장가게 일도 보고서 면사무소로 갔는데 당최 형님이 일러준 이름이 생각나야 말이지. 전화가 있길 하나. 다시 집에 갔다오려면 두 시간은 더 걸리고, 날은 어둬졌지. 그래 귀순이라 했네."

"왜 하필 귀순이에요? 언니들 이름 자를 따서 정순이든 영순이라면 모를까."

"아니, 형님이 늦둥이로 난 자네가 또 딸이라고 여간 섭섭해하시지 않았나. 딸 많은 집에서 천덕꾸러기로 자랄까봐, 내 그래서 순順하게 크고 귀貴한 대접을 받으란 생각에서일세."

한자를 배우면서 귀하고 순하게 뜻이야 알았지만 출생 배경을 바탕으로 일생을 이어주신 건 몰랐다. 성을 빼고 "귀순아"라고 부르면 귀에 달라붙지 않던 이름의 의미가 새롭게 와닿았다. 처음 만나는 사람과 통성명을 하다 이름이 얼굴하고 너무 안 어울린단 말을 들었을 때, 외적으론 아름답다는 말로 해석해버렸다. 나를 소개할 때면 "방금 도착한 귀순용사, 조귀순입니다!" 너스레를 떨었다. 각인도 되고 귀한 대접을 받으려면 스스로 바르게 행동해야겠다고 자각했다. 얼굴도 고치는 시대에 무슨 뒤처지는 소리일까마는, 투박하고 촌스럽더라도 지어주신 어른의 뜻을 품고 가는 건 어떨까 싶다. 이름을 단순히 수많은 것 중에서 구분하는 표시라고 말하는 이도 있지만, 부여받은 이름은 상징이며 존재다. 얼결에 얻은 이름이지만 그 뜻대로 나는 이렇게나마 잘 살아가고 있다.

이름이 하나 더 생겼다. 불교에 입문하고 정각심正覺心이란 법명을 받았다. 한번도 뵌 적 없는 큰스님께서 지어주셨다. 그런데 정각심의 어감이 뾰족하고 각이 진 듯 날카롭다. 남편은 '진여眞如'이고 이웃 친구는 '자운慈雲'이다. 뜻이야 말할 나위가 없겠고 부르고 듣기에 부드럽다. 운치까지 느껴진다. 남편과 바뀌었을까, 진실한 건 나지.

정각은 청정한 본래 마음의 바른 깨달음을 뜻한다. 바르게 깨닫는 마음을 갖추라는 의미로 주신 것 같다. 모난 돌이 정 맞는다고 본래 나는 모난 성품이었을지 모른다. 그래서 바른 마음자리를 갖추라는 걸로 받았다. 속 ㅅ끄러울 때, 사람에 대한 신뢰와 나 자신에게 실망했을 때, 관계 형성에서 중심잡으려 애쓰는 중에 나를 일깨워준 건 두 개의 이름이었다.

제2부

여치와 사담

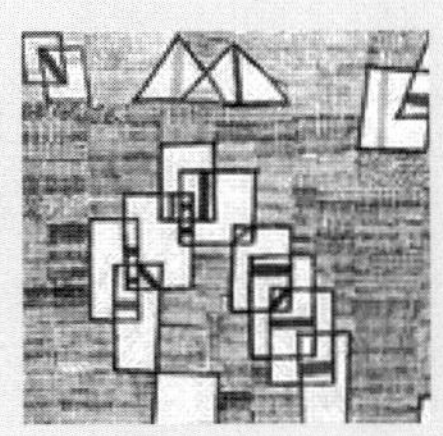

도마, 한 사람을 다듬는 시간

선물로 도마가 들어왔다. 단단하고 하얀 도마는 맑고 단정하게 생겼다. 오랫동안 쓰던 나무 도마는 칼자국으로 깊게 패어 있었다. 나는 낡은 도마를 싱크대 아래 제일 안쪽에 넣었다.

첫 살림을 차리고 보니 부엌살림의 절반은 도마가 차지했다. 눈물이 날 만큼 매운 양파를 썰고 아린 마늘을 다졌다. 청양고추를 쫑쫑 썰고 호박을 저몄다. 이유식을 만들고 도시락 반찬을 준비하며 시뻘겋게 배추김치 물이 들었다. 도시락을 싸던 몇 년 동안에는 첫 새벽부터 찬물을 맞았다. 뜨거운 고깃덩이도 비린 생선도 받아냈다. 비린내와 엉긴 기름은 세제를 듬뿍 발라 문지르고 뜨거운 물을 들이부었다. 다듬고, 썰고, 헹구고, 다시 다듬고. 그렇게 돌고 돌며 반복된 나날의 무늬가 새겨졌다. 표면이 나무껍질처럼 까칠까칠하다. 우묵하게 패인 모습은 뱃심 잃어 꺼진 배 같기도 하고 오랜 세월 구부정하게 휜 등 같기도 하다. 힘든 시기를 함께해선지 나는 그것을 쓰레기봉투에 넣지 못했다.

늦가을이었다. 어머니께 안부 전화를 드렸더니 이제 메주만 쑤면 올 한해 일은 다 끝난다고 했다. 내년에 또 메주를 쑬 수 있을지 모르겠다는 말은 해마다 들어온 터라 예사로 넘겼지만 올해가 정말 마지막이 되는 건 아닌가 싶었다.

어머니가 메주콩을 물에 담갔다는 말을 듣고 싱크대 아래 있던 낡은 도마를 꺼냈다. 깨끗한 종이로 여며 보자기에 싸서 들고 갔다. 입동 무렵엔 일기가 쌀쌀한데 예년과 달리 포근하고 바람도 없다. 몇 개 남은 단풍잎도 고운 빛을 띠고 있다.

나는 어머니가 불려놓은 메주콩을 헹궈서 소여물 쑤던 큰 가마솥에 쏟아부었다. 아궁이에 장작을 얼기설기 걸쳐놓고 불쏘시개로 불을 지폈다. 장작에 불이 붙는 걸 보며 보자기에 싼 도마를 꺼냈다. 어머니가 주신 도마를 오랫동안 잘 썼는데 낡아서 태우려고 갖고 왔다고 말했다. 어머니는 매우 놀란 표정을 지었다. 뭔가 하실 말씀이 있는 듯 주춤하더니 보일러실에서 반평생 쓰던 도마를 꺼내 오셨다. 왜 버리지 않느냐고 몇 번이나 말했던 그 도마는 내 눈에도 아주 익숙했다.

"내 언제고 이걸 장작불에 쳐넣어야지 생각했었는데 어떻게 같은 생각을 했구나. 잘됐다" 하셨다. 예전의 나는 도마를 버리지 못하는 어머니를 이해하지 못했었다. 칼질하던 손을 도마에서 멈추고 서 있던 뒷모습이 스쳐 지나간다. 어머니 도마는 시꺼멓게 때가 묻어 있었다. 한쪽에는 깊은 균열이 생겼다. 모서리는 둥그러졌고 다리 한쪽은 비스듬히 틀어졌다. 어머니는 그걸 맨손으로 쓱쓱 문지르곤 장작불 위에 투욱 던지듯이 올려놓았다.

어머니의 도마는 내 도마와 살아온 결이 다르다. 내 것이 하루하루의 짧은 기록이었다면, 어머니 것은 삶 그 자체였다. 정월 초하루에 먹을 가래떡을 썰면서 온 가족의 기원으로 새 나이테를 만들었다. 두부를 만들 땐 보자기에 싼 두부 위에 도마를 얹고 그 위에 물동이를 올렸다. 두부가 단단해지도록 눌러놓을 때 어머니 마음 귀퉁이를 눌렀다. 내가 썰고 다듬으며 식구의 하루를 차렸다면, 어머니는 지극한 품을 다보록하게 담아냈다. 칼질 소리가 가벼운 날보다 둔탁할 때가 더 많았을 테다. 잉태와 유산, 한숨과 환희의 땀방울이 깊이 스며 있다.

불꽃이 도마 옆으로 퍼졌다. 마지막 길 떠나는 이를 예의 갖춰 배웅하듯이 빙 둘러 에워쌌다. 어머니와 나는 아궁이 앞에 앉았다. 둘 다 아무 말 없이 타들어가는 모습만 지켜보았다. 도마는 두툼하고 단단해서 장작불에 쉽게 동요되지 않았다. 모서리만 그을리다 불꽃이 붙을 듯 오르다 말다를 반복했다. 마치 꽃

상여를 맨 상여꾼들이 서너 발 가다 뒤로 한 발 물렀다 가는 모양새였다. 살아온 날들을 돌아보는 걸까. 아직 더 내주고 싶은 것이 남은 건가. 그러다 어느 순간 속삭이다 결단을 내린 듯이 타올랐다.

장작 몇 개를 더 밀어넣었다. 불이 괄게 타오르자 도마 모서리에서 불꽃이 피었다. 붉은 색과 가장자리로는 노란 빛이 돌았다. 불꽃은 높이 솟구치지도 않고 소리도 내지 않았다. 나무 본래의 향도 다 잃었나보다. 어머니의 도마가 얼추 타들어갈 즈음 그 위에 내 도마를 얹었다. 한 세대 위에 다음 세대를 포갰다. 여러 갈래의 불꽃이 서로 얽히고 풀어졌다. 한 삶이 건너가는 형상이었다.

콩이 흐물흐물하게 삶아졌다. 대여섯 시간 타고 남은 불씨는 시나브로 사그라졌다. 아궁이에는 편편便便한 재만 소복하게 남았다. 도마는 단순한 주방도구가 아니었다. 한 여인, 어머니 삶의 분신 같았다. 매일 젖고 다시 말라가며 마모되듯 어머니의 시간도 함께 닳았다. 모든 칼자국은 다 이유가 있었을 텐데 누구도 그 닳음을 보지 않았다. 나는 한 가정의 생명을 잇고 성장과 노쇠기를 함께 겪은 도마를 내 방식대로 보냈다. 나의 시간과 어머니의 생을 품은 도마를 보내며 그것이 일궈낸 기억을 더 깊이 간직하게 되었다.

재를 담아 채마밭에 뿌렸다. 도마가 본래 태어났던 흙으로 돌려보냈다. 재티가 꽃가루처럼 날렸다.

가을 귀동냥

바람의 결이 확연히 다르다. 플라타너스 이파리의 색깔이 짙어졌다. 가로수 그림자에서도 가을 냄새가 난다. 새파란 하늘이 창으로 다가와 얼른 나와보라고 부른다. 나는 프러포즈를 받은 듯이 한걸음에 공원으로 나갔다.

며칠 전만 해도 비어 있던 벤치에 나 같은 사람들이 앉아서 첫 가을에 취해 있다. 나무 그네에 긴 생머리를 한 아가씨가 앉아 책을 읽고 있다. 르누아르의 책을 보는 여인처럼 아름답다. 공원을 나릿나릿 걷다가 숲에 둘러싸인 정자로 가본다. 원두막 같은 정자는 마침 비어 있다. 나는 다리를 쭉 뻗고 숲을 바라본다. 진녹색 잎사귀들, 풀꽃들도 가을을 맞이하는가. 나는 풀 내음을 깊숙이 들이키며 숲멍에 빠진다.

할머니 셋이 정자로 올라왔다. 세레명 부르는 걸 보니 공원 옆에 있는 성당엘 다녀오는가보다. 보라색 모자를 쓴 할머니가 하다 끊긴 이야기였는지 말을 잇는다. 어제 딸내미가 블라우스나 사 입으라며 상품권을 주고 갔는데 S꺼야. 여기 L백 거면 좀 좋아. 영등포까지 누가 나가냐고. 아쉬운 듯 말했다. 그거 E마트에서 써도 될 거여. 고기나 사다 드셔. 탤런트 김혜자를 닮은 카디건 할머니가 현실적이다. 말하는 중에 그 옆 할머니 핸드폰에서 까똑까똑, 소리가 났다. 왔네, 우리 며느리 카톡 왔어. 어떡한뎌? 카디건 할머니가 물었다. 4일에 미사 하나 올리고 추석날에 또 올렸다네. 어쩌나 볼려고 내가 암말 않고 있었거든. 여기로 온다면 그래라, 거기로 오라면 가서 미사 보고 밥이나 먹고 오는 거지 뭐. 카톡 할머니는 정자 마루에 누웠다.

듣고 보니 일주일 뒤가 추석이다. 차례는 지내지 않지만 나도 아들네가 묵어갈 테니 할 일이 많다. 요즘 며느리는 손님이다.

카디건 할머니가 LA갈비나 재고 전 좀 부치고, 먹든 안 먹든 잡채 좀 혀야지, 한다. 갈비는 영감 델구 코스트코 가서 사오면 되구. 말속에 여유가 있다. 거기 건 가운데 기름 죄다 발라내려면 어깨 빠져여. 난 살코기를 덩어리로 사다가 갈비에 섞어서 찜을 해. 양념은 병에 든 걸로 하면 달아서 안뎌. 반만 넣고 내가 하지. 키위 좀 갈아넣고 배도 갈아넣고, 그럼 연하다고 잘들 먹어. 모자 할머니 말에 설득력이 있다.

일단 한 번 삶아서 깨끗이 씻어내여. 그라문 잡내도 안 나. 옛날엔 소를 들에서 키워 질겼지. 요즘 고기는 오래 고지 않아도 되여. 카디건 할머니가 팁을 준다. 소갈비 레시피가 정자 천장에 쫘르르 붙었다. 내가 하는 식은 할머니들의 방법이 두루 혼합된 것 같다. 더덕도 양념 재서 구웠고 연근전과 표고전, 새우튀김과 꽃게무침까지 할머니들 추석 요리가 끝났다.

코로나 전엔 그래도 명절 같드니 이젠 명절 같지두 안혀. 송편을 빚길 허나, 토란국두 우리나 먹지, 애들은 미끈덩거린다고 안 먹어. 우덜도 그려. 명절 전에 파마도 하고 그랬잖우. 카디건 할머니 말이 토란국처럼 구수하다. 시장 안에 그 미용실, 지금도 다녀요? 좀 늙어뵌다 하면 어째 머리를 그렇게 빠글빠글하게 뽀까놓나 몰러. 그니까 말야. 묻지도 않고 죄다 똑같이 뽀까놔서 짜증난다니께. 이야기가 탁구공 주고받듯 오간다. 그래서 나 미용실 바꿨잖여. 우리 딸이 질색하는 거야. 그럼 딸이 파마비 준디야? 여짝은 비싸지. 카톡 할머니가 샘이 나는가보다. 우리들은 뭐 멋을 모르나. 손주들 하나라도 더 거둬먹이려고 싼 데루 가는 거지. 애들이 그걸 알가니. 안 그려요? 하면서 나를 쳐다보신다. 며느님이나 손자들도 나중엔 알겠지요. 저도 얼마 전 이쪽으로 이사왔지만 먼저 살던 동네 미용실로 가요. 이 동네는 너무 비싸다고 맞장구를 쳐드렸다.

그나저나 중학생 손자놈 저녁은 또 뭘 해주나. 저녁 찬거리가 나올까 하여 나는 귀를 쫑끗 세웠다. 삼식 씨와 동거하는 나는 메뉴가 고프다. 해놓으면 뭐해. 피자나 치킨만 시켜달란다는 걸. 내 기대에서 벗어났다. 엊그제 하나로마트서 진미채를 사갖잖여. 우리 며느리 여직 안 무쳐. 탕 나겠어. 카디건 할머니는 며느리가 야속한 듯 말했다. 그럼 직접 무쳐서. 며느리도 퇴근하고 와 할라니 귀찮지. 모자 할머니가 며느리 편을 들었다. 힘들어도 그깟 걸 못혀요? 아들 잘 먹는 거만 챙긴달까봐 내비두는 거여. 우리 큰애가 학생 때부터 진미채를 엄청 좋아했어. 첨엔 곧잘 하드만 당최 안 허네. 저녁 메뉴는 나오지 않고 할머니들은 떠났다.

나는 아들이 잘 먹는 걸 해주고픈 시어머니 모드였다가 진미채를 무치지 않는 며느리 쪽으로 맘이 기울었다. 나도 날마다 삼식 씨 점심밥을 차리려니 귀찮다. 쌀국수라도 먹으러 나가자면 그냥 대충 먹지 뭐, 하는데 대충 차려주면 덜 먹는다.

며칠 전엔 밥상을 차리는데 남편이 티브이 채널 서핑을 하다가 홈쇼핑에서 멈췄다. 김치를 팔았다. 이제껏 김장김치로 버티던 나도 추석 김치가 필요하던 차였다. 요리장 말솜씨에 현혹되어 카드번호를 꾹꾹 눌렀다. 삼식 씨는 겉절이 생각이 난다며 입맛을 다셨다. '겉절이 같은 소리 하시네.' 나는 입을 삐쭉거렸다.

여여한 숲에 진미채 할머니 목소리가 빙빙 떠돌고 있다. 세상 모든 어머니의 맘이 담긴 듯 애잔하다. 걔는 겉절이를 엄칭이 좋아혀. 내 시어머니 말도 따라돈다. 진미채와 겉절이에는 그들만이 공유했던 정서가 알맞게 버무려져 있을 것이다. 그러나 내 품 밖 아들이 좋아하는 건 아들의 여자에게 맡겨야지. 그래야 그들만의 정서를 만들어가지 않겠는가.

찬거리를 사러 공원을 가로질러 동네 마트로 갔다. 알배기 배추 두 포기, 쪽파 한 줌을 바구니에 담는다. 가을이 내 소갈머리도 잘 버무려보라고 한다. 꽃잎은 내려놓고 씨앗을 영글게 하란다. 하늘을 보니 아까보다 더 파랗다. 비숑프리젤*을 닮은 구름이 두둥실 두리둥실 흘러간다.

*비숑프리제 : 솜사탕처럼, 구름 같은 털을 가진 강아지.

그 여자를 찾다가 남자를 만났다

도넛 상자를 들고 여자를 찾는다. 전철역 개찰구 주변을 훑어 보았다. 화장실쪽 의자에도 즉석 사진기 옆에도 여자는 없다. 분명 아침에도 보았는데 아직 초저녁이라 들마에나 나타날 참 인가.

몸집이 하마 같은 숙자 씨는 볼 때마다 배가 고파 보인다. 그 녀는 조 여사가 출근할 때 전철역 지하 대합실에서 자고 있었다. 보따리를 아랫배에 꾸겨넣고 나무 의자에서 3자로 웅크리고 잔 다. 여차하면 발딱 일어나 도망칠 방어태세를 갖춘 듯했다. 우 둥퉁한 얼굴은 부은 듯하고 여러 겹 휘감은 옷은 철벽 같다. 종 이상자라도 깔고서 두 다리 쪽 펴고 자면 덜 애처롭겠다. 같은 여자라서 더 한심스럽다가도 엊저녁에 허기는 채웠는지 딱해보 였다.

　직원들과 간식을 실컷 먹고도 도넛 두 상자가 남았다. 내 배 부르면 종 배고픈 줄 모른다더니, 모두가 밀어놓았다. 젊은 직원들은 다음에 반복해서 먹고 싶지 않다고 했다. '그래 이것들아, 네 배만 부르면 다냐?' 조 여사의 귓속으로 채근하는 소리가 들렸다. 숙자 씨가 조 여사의 컴퓨터 모니터에 나타났다. 컴퓨터 마우스가 움직이는 대로 숙자 씨가 졸졸 따라다녔다. 조 여사는 머릿속에서 그녀를 떨쳐내려고 고개를 흔들었지만 찰떡같이 붙어 있었다. 퇴근하며 조 여사는 도넛 상자를 들고 나왔다. 그런데 가는 날이 장날이라고 숙자 씨가 없다.

　거리엔 네온사인이 하나둘씩 켜지고 있었다. 토속음식점 황톳길 지붕 위에 박이 맺힌 듯 초저녁달도 나왔다. 황토색 담벼락의 장독대 그림과 어우러진 달빛은 따스하다. 식구들이 옹기종기 모여앉은 어느 집의 평안함이다. 조 여사는 장독대 그림 옆에 멈춰섰다. 여백의 벽에 〈초가집 밖의 아이들〉이란 헬렌 앨링엄의 그림을 펼쳐 넣었다. 그림 속 돌담집은 울창한 나무가 집을 감싸고 있다. 남매로 보이는 일곱 명의 아이들이 뛰놀고 맏언니는 닭에게 모이를 준다. 담장 너머 풍경을 구경하는 두 아이가 깨금발로 버티는 모습이 앙증맞다. 들일을 마친 부모가 이 광경을 보면 얼마나 흐뭇할까. 어디선가 낮잠 자는 강아지도 한 마리쯤 있을 것 같은 그림 속 집에 조 여사는 숙자 씨를 끼워넣는다.

그녀도 화목한 집의 맏딸일 수도 있다. 한때는 누군가의 연인이었고 아내였으며 아이들의 엄마였는지 모른다. 형제 많은 가족을 위해 헌신했을 젊은날이 있었을지도, 억척스런 장사꾼이었거나 유능한 사업가였을 수도 있다. 배꼽에 끼고 사는 보따리는 초라하지만 그 안에 격정의 순간도 담겨 있지 않을까. 풀어놓지 못한 삶의 무게를 어찌 짐작할 수 있으랴. 제 몸 하나 의지할 곳도, 아니 누군가에게 짐이 되기 싫어서 스스로 노숙자의 길을 택했을 수도 있다.

역 앞 거리는 젊은이들의 활기가 넘친다. 주점과 식당에서는 저마다의 성공과 행복을 찾으려는 목소리가 뿜어져 나온다. 그녀는 어디서 가락국수라도 한 그릇 얻어먹고 있나. 남자 노숙인처럼 막걸리 한 대접으로 끼니를 해결할 처지도 아닐 텐데. 조여사는 그녀가 먹자골목을 배회하는지 살피면서 걸었다. 소공원을 지나면서 벤치에 앉아 있는지 훑어보다 돌부리에 걸려 넘어질 뻔했다. 그 바람에 놓칠 뻔한 도넛 상자를 움켜잡았다. 그 순간 이런 마음은 어디에서 기인한 걸까, 나눔과 보살핌의 뜻이 담겼는가, 자신에게 묻는다. 진정한 연민인가. 혹시 먹다 남은 음식으로 알량한 동정심을 베풀고 있는 건 아닌가.

한참 먹성 좋던 시절 포장마차 앞을 지나칠 때면 튀김 냄새가 속을 흔들었다. 자취생 용돈은 한정되어 있고 욕구는 채워지지 않았다. 유독 고향이 그리운 날엔 더욱 그랬다. 그런 심정을 포장마차 아줌마는 용케도 알아차린다. 넌지시 귀퉁이 잘린 식빵을 덤으로 얹어주었다. 챙겨주는 관심만으로도 포만감이 채워졌다. 보살핌의 정서를 먹은 우리 안에는 타인에게서 받은 보살핌의 정서가 있다. 길을 못 찾는 어르신을 만나면 기꺼이 모셔다드리고 싶지 않나. 파지가 산더미만 하게 실린 손수레를 밀어주는 아가씨, 길고양이 밥그릇에 물을 채워놓고 가는 젊은 청년. 온라인으로 낯선 이의 사연을 보고 기부 버튼을 누르는 일이 결코 모성 본능만은 아니다.

번화가를 벗어났다. 이삼 층짜리 건물에는 거의 다 불이 꺼졌다. 조 여사는 어두컴컴한 길을 발맘발맘 걸었다. 도넛 상자가 지친 듯이 흔들린다. 오지랖을 쓰레기통에 팍 쑤셔넣고 싶지? 누구의 유혹인지 본래의 마음인지 조 여사도 흔들렸다. 그때 부시럭 소리가 들렸다. 낡은 건물 입구에서 시커먼 물체가 움직인다. 모자를 푹 눌러쓴 남자가 박스를 뜯어 자리를 펴고 있었다. 낡은 가방 옆에는 먹다 남은 소주병이 보였다. 아, 도넛은 소주와 궁합이 아주 잘 맞을 것 같다.

잉어

　　전철역서 친구를 기다리고 있었다. 너무 일찍 도착해 무심히 앉아 있는데 한 아주머니가 다가와 시간을 묻는다. 가까운 동네에서 나온 듯 꽃무늬 몸뻬바지에 빛바랜 자주색 잠바 차림이다. 오십대 후반쯤 돼보였다. 그녀는 약속한 사람을 한 시간 넘게 기다렸는데 아직도 만나지 못했다고 했다. 나는 얼른 핸드폰을 꺼내 연락해보라고 드렸다. 그런데 아주머니는 전화번호를 집에 놓고 왔단다. 새벽차를 타러 나오기 직전에 통화를 해서 당연히 올 거라 믿었다는 것이다.

　　잠시 보이지 않던 그녀가 다시 나타났다. 희미하게 무슨 한약방이라고 찍힌 까만 헝겊 가방을 들었다. 터질 듯이 빵빵한 가방은 몹시 무거워 보였다. "저기 애기엄마. 이거 잉언디 가져가서 과먹어유." 나는 너무 생뚱맞다 싶어 그녀를 멀뚱히 쳐다보았다. 감자나 고구마라면 모를까 잉어라니.

첫아들 태몽이 맑은 물에서 노니는 커다란 잉어였다. 산골에서 자란 나는 큰 물고기를 접하지 못해선지 비린내나는 생선도 싫어하거니와 둘째 아들 태몽도 남자 팔뚝만 한 잉어였다. 태몽풀이에 잉어의 전설과 설화가 예사롭지 않았다. 중국에서 잉어는 용이었다. 범상치 않다는 믿음으로 나는 잉어를 신성시하는데 그걸 고아먹으라니 전혀 내키지 않았다.

"저그 충청도 예산서 내가 손수 지른 잉어유. 병환 중인 이종이 과먹었시믄 해서 젤 존눔으루 골라왔는디 몬만난 걸 워쩌유."

"무슨 사정이 있겠지요. 조금 더 기다려보셔요."

"틀렸슈. 인거 이틀 전에 잡어 꽁꽁 얼린 건 게 생물이나 매한거지여유. 과잡샤유."

나는 뒷걸음을 치며 강하게 손사래를 쳤다.

"어이구우, 엄충이 귀헌 건 게 과먹으라는 거유."

그녀는 마치 내게 떠넘기려고 작정한 듯 들이댔다. 그리 귀한 거면 도로 가져가지 왜 날 주려 할까. "도로 가져가믄 다 녹아서 버려야 혀여. 버리긴 아깝자녀유." 내 속을 꿰뚫듯이 말하는 걸 보니 아주머니는 틀림없이 꾼 같았다. 팔아치우려는 뻔한 속셈일 거다. 수년 전 추석 무렵에 탑차 기사가 자꾸만 손짓하여 나는 차를 길가로 세웠다. 내비게이션이 없던 시절이라 길을 묻나 했다. 젊은 기사는 백화점에 납품하고 남은 제주 옥돔을 납품가로 주겠다며 보기만 하라고 이끌었다. 싸게 준다는 말에 현혹됐는지, 못 팔고 가면 사장에게 혼난다는 말이 걸렸는지 두 박스를 샀다. 어수룩하게 생긴 젊은이가 딱해보여 이웃에게 소개까지 해주려 했다. 안 하길 잘했지, 옥돔은 아주 작고 뼈만 앙상하니 형편없었다. 그 전에 수입 소꼬리드 한우인 줄 알고 산 적이 있지 않은가. 속는 것도 한두 번이고 그땐 내가 세상 물정 모르던 삼십대였다. 매스컴과 주변에서 들은 사연이 많아 이젠 나도 알 만큼은 안다.

"몸두 빼빼허니 약해보이누먼. 내 몸부텀 챙겨유." 그녀는 딸내미 거둬먹이는 어미처럼 애달파하면서 내 앞으로 가방을 밀었다. 투박한 손등에 퍼런 힘줄이 툭툭 불거졌다. 밭일하다 호밋자루 던져놓고 금방 온 듯 뭉툭하게 닳은 손톱 끝엔 흙때가 시꺼멓게 끼었다. 그 손으로 파마가 풀려 푸시시한 머리칼을 쓸어올렸다. 시골사람 행세를 하면서 의도적으로 나를 걱정하는 척 접근한 장사꾼 같은데 한편으론 마음이 흔들렸다.

"여자도 지 몸은 지가 애끼야유. 몸에 존 거니 가져가유." 흔들리는 나의 눈빛을 읽었을까. 그녀는 매듭을 지으려고 쐐기를 박았다. 차비라도 건지려는 촌로의 모습이 어쩐지 애처로웠다.

가다가 버릴지언정 잉어를 받아야만 할 것 같았다. 헌데 가진 돈이라곤 청바지 뒷주머니에 넣고 간 만 원짜리 두 장뿐이었다. 그거라도 받아준다면 어른에게 차비 드리는 셈 치면 된다. 주머니에서 지폐를 꺼냈다. 그런데 차비에 보태시라는 말이 끝나기도 전에 아주머니가 쏜살같이 개찰구를 빠져나갔다. 몇 걸음 따라갔지만 "아니유. 잘 과먹기나 혀유." 손을 저으며 경중경중 계단으로 내려갔다. 정말 순식간에 벌어진 일은 무엇에 홀린 것 같았다.

빵빵한 가방을 들고 구석으로 갔다. 이젠 돈을 안 받고 사라진 게 더 찜찜했다. 정말 잉어는 맞나. 겹겹으로 싼 신문지를 손톱으로 헤집었다. 축축한 냉기가 손끝에 닿았다. 습기가 차오른 뿌연 비닐봉지 속에서 내 엄지손톱만 한 비늘이 보란 듯이 몸을 드러냈다. 틀림없는 잉어다. 설마 오염돼 죽은 물고기는 아니겠지. 몹쓸 의심이 가시지 않는다.

잉어를 들고 건강원으로 갔다. 건강원 아저씨는 잉어에 첨가하면 좋을 약재를 읊어대다 갑자기 이 잉어는 어디서 났냐고 따지듯이 묻는다. 역시, 이상한 거였나. 굳어버린 내 표정이 의아하다는 듯 아저씨는 "아니, 이렇게 좋은 잉어를 어디서 구했냐"고 재차 물었다. 가느다란 눈을 동그랗게 뜨고서 더 구할 수 없겠냐고 진짜 탐을 냈다.

　한창 아이들 키우느라 진이 빠진 사십대 애엄마를 보고 아주머니는 당신의 젊은날이 떠올라 챙겨주고 싶으셨던 걸까. 선善을 선으로 받지 못하는 젊은이를 보면서 아주머니는 어떤 마음이셨을까. 건강원 문을 열고 나오자 선선한 바람이 불었지만 내 얼굴은 한참이나 화끈거렸다.

여치와 사담

고속도로에 들어서고도 어깨를 펴지 못했다. 무거운 장례식장 운기에 마음이 물먹은 솜이다. 밤 운전도 부담스럽다. 찬찬히 가려고 차선을 바꾸려는데 조수석 대시보드 위 구석에 웬 연두색 물체가 보였다.

어머머어, 어떡해!! 벌레잖아. 제가 벌레라고요? 저 여치예요. 여치!! 여치든 매미든 곤충은 싫거든. 얼른 나가. 나는 창문 열림 버튼을 잽싸게 눌렀다. 아줌마! 저 좋아했잖아요. 보릿짚 엮어 제 집까지 만든 거 생각 안 나요? 날 못 잡아서 난리더니, 속된 말로 이렇게 쌩까기예요? 뭐래. 내 나이 육십이야. 첫사랑도 잊었어. 너 운전대 쪽으로 날아들지 마라. 움직이면 이 팸플릿으로 확 내려친다. 아니, 왜 이러세요? 저도 이렇게 연두연두하는 고운 날개 다치고 싶지 않거든요.

당돌하네. 도대체 어떻게 탔어? 아니 내가 어디로 갈 줄 알고? 나 한 시간도 넘게 갈 건데. 아줌마가 차 문 열고 상주와 인사 나눌 때 탔죠, 어디든 상관없어요. 산자락 아래 장례식장 주변 숲에서 진즉부터 벗어나고 싶었어요. 날마다 앵앵대는 앰뷸런스 소리도 싫고, 아파서 죽고 사고로 죽고 자살해서 죽고…, 천수 누리고 편안히 가셨다는 말 들어본 지가 언젠 줄 모르겠어요. 아흔이 넘어도 아쉽다고 야단, 도대체 인간들 욕심은 어디까지인지 만족을 모르는 것 같아요.

백세시대잖니. 가족이잖아. 영원한 게 있나요. 우리 곤충세계는 순리를 받아들여요. 약육강식까지도요. 그런데 인간들이 걸핏하면 해충제를 뿌려대니 살 수가 없어요. 메뚜기도 반딧불이도 없어졌잖아요. 옛날 할아버지 시대엔 약 올리면서 놀아도 잡았다 놓아주곤 했다니 참 인간적이죠. 곤충 입에서 인간적? 너 개그하냐? 인간적이란 말에 움찔하시네요. 죄다 체면쟁이들. 부모님 병원비, 장례비로 쌈질하더 겉으론 애달픈 척, 그거 다 알거든요. 인간세계엔 양면성이 있는 거야. 다 솔직할 순 없어.

오늘 망자는 누구예요? 음, 연고자라곤 아버지도 다른 서른 살 아래 여동생 한 사람뿐. 평생을 외롭게 사셨다네. 극락왕생 하셨으면 좋겠다 싶어 왔지. 아줌마, 생시에 찾아뵀어야죠! 얘 좀 봐라. 그래, 여치 부처 나셨네.

아줌마 죽음은 어떨 것 같아요? 모르겠는데. 아니 육십이 넘었다면서 한번도 생각을 안 해봤어요? 사부작사부작 가고 있잖아. 몇 년 전이었어. 어느 인문학 교수가 연말이면 유서를 쓴다는 거야. 처음엔 감정이 복받쳐서 할 말이 많대. 부탁할 것도 많고. 근데 해마다 써보니 염려도 부탁할 것도 없다더라. 삶을 정리하는 개념이 달라지더라는 거야. 부탁도 욕심이고. 삶과 죽음의 노선에서 자신을 들여다보는 계기가 되니 한번 써보라 했어.

써봤어요? 안 썼지. 진짜 죽을까봐. 겁나세요? 가족을 볼 수 없다는 게 무섭더라. 불가 식으로 윤회를 한다면 다시 만나려나. 사람들은 왜 죽음을 두려워하는 걸까요? 그건 우리가 가보지 않은 것에 미리부터 걱정해서가 아닐까. 얼마 전 미술 심리 치료 강의 마지막 날에 죽음 맞이를 했어. 깜깜한 강의실에 장송곡이 흐르고 강사가 조문을 나지막이 읽었어. 망자가 되어 관 속에 들어가는데, 정말 기분이 묘하더라. 60년 살아온 날들이 일순간에 지나갔어. 고달팠고 애태웠고 즐겁고가 겨우 이것이었나. 아무 할 말도 없고 슬프지도 않았어. 그 당시 내 생활이 좀 안정돼선가. 카르페 디엠. 죽음이 너처럼 예고 없이 찾아오겠지만 매 순간 자기 삶에 충실했다면 편안하게 받아들여질 것 같았어. 두려워하지 않으면 행동이 더 자유로워진다더라.

뻥치지 마세요. 살 날이 진짜 석 달밖에 안 남았다는데 정말 의연할 수 있을까요? 너무 쉽게 말하지 마세요. 미닫이를 닫고 건넌방으로 가듯이 가고 싶다, 지하철에서 내리듯이 가고 싶다, 연명치료 안 하겠다, 과연 죽음 앞에서 그게 가능할까요? 한번 갔다와 보고나 말씀하시죠.

너 몽테뉴 알아? 아줌마도 개그하셔요? 너도 나만큼 무식하네. 몽테뉴가 그랬대. '당신의 죽음은 우주 질서의 여러 부품 중 하나이다.' 수상록에 그렇게 썼다더라. 우리가 어디선가 이 세상에 들어온 것같이 이 세상에서 빠져나가는 게 죽음이라는 거야. 그러니 인생 클로징멘트도 좀 유쾌했으면 좋겠어. 죽음맞이 강의 중 코 고는 소리에 터져버린 웃음처럼, 시크하게 받아들이면 가볍지 않을까.

묘비명은요? 노을 지다. 아줌마 '깬다'는 말 알죠? 별 뜻 없어. 내 아이디가 노을 40이거든. 조지 버나드 쇼는 '우물쭈물하다가 내 이럴 줄 알았다'고 해서 화제가 됐지. 개그맨 김미화는 웃기고 자빠졌네라고 할 거래. 나는 어떤 기록도 남기고 싶지 않아. 나를 아는 사람들 가슴속에 새겨진 나로 머물다가 잊히면 그걸로 충분해.

아, 수의에 대해선 할 말 있어. 문헌을 보면 수의는 시신을 감쌈으로써 관 속에서 뒤틀리지 않게, 공기의 유입을 막아 붓지 않게, 장례 기간에 혹 부패에 의한 모습이 드러나지 않게 감싸는 거래. 그래서요? 요즘은 죽자마자 냉동고에 넣었다가 화장되잖아. 겹겹 삼베 말고, 하얀 드레스나 즐겨 입던 원피스에 레이스 달린 흰 양말, 망사장갑 끼고 흰 나비처럼 나풀나풀 날아가고 싶어. 너의 연둣빛 날개처럼. 오호~~ 아줌마, 나이스!

아파트에 도착하니 열 시 반이다. 여치는 두어 번 움직거렸으나 운전석으로 날아오진 않았다. 나는 차 트렁크에서 빈 쇼핑백을 꺼냈다. 팸플릿으로 여치를 살살 건드려 가까스로 쇼핑백에 몰아넣었다. 마구리를 접고 집 앞에 있는 중앙공원으로 건너갔다. 풀숲에 여치를 놓아주었다. 잘 가시게. 여치가 가고 싶은 곳은 어디였을까.

'인생을 꼭 이해하려 하지 말라. 하루하루 일어나는 그대로 맞이하라.'

시 한 구절이 별에서 한 자 한 자 뚝뚝 떨어진다. 빗방울이다.

구두에서 딩동 소리가 보여

남편과 해외여행을 가는 건 쉽지 않았다. 시간이 될 땐 여비가 없고 여유가 있을 땐 시간 내기가 어려웠다. 일이 우선인 사람에게 무리인 줄 알면서 나는 아팠을 적 일을 들먹이며 여행 날을 잡았다. 발칸 여행이었다.

크로아티아 두브로브니크 성벽을 순회하고 내려오는데 "안녕하세요, 딩동이에요!" 우리나라 청년이 강동강동 뛰어가며 손을 흔들었다. 그 순간 나는 마치 구두에서 딩동 소리가 쏟아지는 줄 알았다. 청년이 말한 '딩동'은 한국식당이라고 가이드가 알려주었다. 자유시간에 볼 곳을 체크하던 남편이 그 식당은 무조건 가보자고 하였다. 우리는 이색적인 건축물을 구경하면서 식당을 찾아갔다.

가게는 파스텔톤으로 상큼했다. 무엇을 먹을까. 메뉴판을 보는 사이 우리말이 서툰 유럽인 종업원이 해물라면을 추천했다. 우리나라 라면과 치맥이 유럽에서도 활개를 친다니 누구보다 남편이 흐뭇해한다. 라면값이 그 나라 화폐로 구십 쿠나, 우리 돈으로 일만삼천 원이지만 비싸다는 말도 하지 않았다. 유럽 사람들에게 인정받는 내 나라 청년. 남편은 그곳에 터를 잡은 한국 청년 사장을 바라보고, 나는 식당 간판인 '딩동'을 보면서 각자 감회에 젖었다.

신도시에 새 아파트를 분양받았다. '딩동' 소리만 나면 두 아이가 현관으로 달렸다. 누구냐고 묻지도 않고 다투어 문을 열었다. 교회 전도자, 신문과 우유 수금 아저씨, 솜이불 팔라는 아줌마…. 치킨이나 짜장면이 아니라 실망하면서도 아이들에게 딩동 소리는 늘 호기심의 대상이었다. 퇴근하는 남편의 벨 소리에 아이들은 그의 팔에 안기고 까르륵까르륵 웃음소리도 맛있었다.

그날도 딩동 소리에 문을 열었다. 집배원이 등기우편물을 들고 왔다. 내용증명? 그걸 읽어 내려가던 나는 그만 주저앉았다. 생에 처음 받아본 내용증명은 생애 처음으로 장만한 내 아파트를 삼킬 기세였다. 그것을 시작으로 우편물이 시도 때도 없이 날아왔다. 남편이 보증서에 서명한 데서 비롯된 일이었다. 기일

내 변상하던지, 정해준 날 출두하지 않으면 재산을 압류하겠다니 심장이 떨렸다. 남편은 곧 수습될 거라면서 어떤 경우든 문을 열어주지 말라고 했다. 벨 소리만 나면 아이들 입을 막고 안방에 숨었다. 벨 소리에 울렁증이 생겨 전화선도 뽑았다. 대응하지 않았더니 새 차부터 강제로 끌고 갔다. 그 후 현관 벨 소리는 내 심장에서 지독한 알레르기 반응을 보였다. 마트 배달 주문에도 벨 누르지 말라는 요구사항을 적을 만큼 나는 딩동 소리에 자유롭지 못했다.

회사는 부도나고 남편은 실직자가 되었다. 조그맣게 사업을 시작했으나 몇 년을 고전하다 접었다. 새로 구한 직장은 집과 너무 멀었다. 가랑비에 옷 젖듯이 피로는 쌓이고 솟아오르는 유가油價도 부담되었다. 대중교통을 이용하면서 새로 산 구두가 말썽을 부렸다. 이 구두를 처음 신었을 때 남편은 유독 일에 대한 의욕이 강했다. 밀리면 오갈 데 없는 오십대의 간절함이 전해졌다. 그래선가, 예전에는 남편 구두를 아무렇지 않게 버렸는데 이 구두는 버리지 못했다. 어푸수수한 것이 추레하고 쭈글쭈글하게 접힌 자국은 남편의 이마 주름처럼 보였다. 부쩍 늘어난 그의 새치가 거기 있었다. 저토록 굽이 닳도록 신고 버린 구두로 그가 걸어온 길이는 얼마쯤 될까. 가장이란 이름으로 포장되었는지 구두 소리는 늘 경쾌했다. 그 소리를 지키려고 무던히도 긴장하며 살아왔다.

남편이 옛 직장상사의 추천으로 중국행 비행기를 탔다. 근무지는 중국에서도 치안에 위험성이 높은 지역이었다. 항시 보안원이 따라다녔지만 체제가 다른 곳에서 일을 확장하는 부담이 컸다. 우리나라 자영업자들이 돈 들고 들어갔다가 다 털리고 왔다는 얘기도 분분하게 들렸다. 남편이 보내는 메일에서 행간에 서린 불안이 읽혔다. 사업을 정착시키려고 고군분투하는 열정도 담겨 있었다. 시나브로 매서운 한파 뒤에 봄이 오고 있었다. 태풍 끝에 내리쬔 태양의 빛이 훨씬 뜨거웠다. 공항 입국장으로 나오는 남편의 구두 소리가 내 귀에 쩌렁쩌렁 울렸다.

발우공양 하듯 우리는 해물라면을 깨끗이 비웠다. 계산을 마친 남편이 청년 사장에게 악수를 청했다. 연유는 다를지라도 아마 남편은 타국에 서 있는 이 청년에게서 지난 날의 자신을 보았는지 모른다. 남편 손을 감싼 청년의 어깨 너머에서 연신 딩동 소리가 들렸다. 테이블에서 벨을 누를 때마다 들리는 딩동, 그것은 매상 올라가는 소리다.

열흘 만에 돌아온 나도 우리 현관문의 초인종을 거침없이 눌렀다.

산세베리아

아파트 담 옆에 꽃차가 왔다. 아저씨가 신문지에 둘둘 말아놓은 산세베리아를 내밀었다. 봄만 되면 비싸게 받을 건데 비싼 석윳값 때문에 화원을 비우려고 한다. 봄이면 새끼를 칠 거란 말에 솔깃하여 한 무더기를 안고 왔다.

길쭉한 화분 두 개에 산세베리아를 나눠 심었다. 창 쪽에 놓고 잎사귀를 닦아주었다. 가장자리가 찢기고 군데군데 흠집이 많다. 마르고 억세기도 하지만 두툭한 줄기는 푸석푸석하다. 영양제라도 듬뿍 주면 살아날까.

어머니가 요양원에 계신 지 두 해째다. 일어나 앉기도 힘들어 며칠 전엔 링거를 맞혀드렸다. 폐렴으로 이십여 일 입원 치료를 받고 또 한 고비를 넘겼다. 퉁퉁 부은 손등과 시퍼렇게 멍든 팔뚝이 눈에 들어왔다. 일생을 살아오는 동안 붓고 멍든 곳이 어찌 손등뿐이랴. 혼자 짊어진 가장의 무게로 쇠잔해진 몸은 이제 물 한 사발 들기도 숨이 찼다. 남의 손을 빌려 넘기는 멀건 미음 한 술마저도 밀어낼까 조마조마했다. 오로지 자식 안위를 걱정하는 일만 습이 되어버렸다.

다음날 오전 나는 필리핀행 비행기를 탔다. 일요일마다 찾아뵙는 패턴이 같아서 어머니에게 말을 하지 않았다. 모처럼 떠나온 여행이다. 친구들과 소중한 시간이다. 들떠서 어머니 생각은 순간순간 잊었다. 석양이 아름다운 바닷가로 왔다. 일상에서 벗어난 달뜬 마음은 창공을 날아다녔다.

그사이 부재중 전화가 여러 건 찍혀 있다. 요양원 전화번호만 뜨면 가슴이 철렁하는데 '통화 요청'이란 문자까지 와 있다. 어머니가 위급하신가. 하필이면 오자마자 무슨 일이람. 이런 일이 있을까봐 여행 계획을 미루다 겨우 왔는데, 걱정과 화가 동시에 일어났다.

어머니가 어젯밤부터 갑자기 물도 못 넘긴다는 소식이었다. 불길한 생각에 심장이 오그라들었다. 급체한 듯 명치가 쑤시고 손끝이 꼬이면서 뻣뻣해졌다. 가이드에게 항공권을 구해달라 하고 큰언니에게 전화를 걸었다. 언니는 자네가 없는 줄 어떻게 아시는 건지 모르겠다며 별일이야 있겠냐고 했다. 큰언니 말에 안정은 찾았지만 평생의 한으로 남을 일이 생길까봐 여행하는 내내 조마조마했다.

어머니는 마흔 가까이에 나를 낳으셨다. 어떡하든 아들 하나를 보겠다고 하혈을 하면서도 배를 움켜안고 참아냈건만 또 딸이었다. 내 탯줄이 미처 마르기도 전에 꼭 아들을 보려는 일념뿐이었다. 탯줄을 산실産室 가까이서 태워야 산후 포대가 빠르다 하여 아궁이에서 내 탯줄을 태웠다. 이래저래 좋다는 속설을 귀담아들었다. 그래서였는지 바로 태기가 있었다. 입덧도 덜해서 순둥이 아들이 나오려나, 은근히 기대가 컸다. 일에 지쳐 입이 소태같이 써도 혹여 아기가 태반에서 떨어질까봐, 밥을 억지로 먹으며 버텨냈다. 하지만 이번 생에서 부모와 자식 간의 인연은 아니었는지, 밭일하고 오다 앞마당에서 핏덩이를 쏟았다. 그게 아들이었다. 악착같이 탯줄을 잡고 버텨주었으면 오죽이나 좋았을까.

나도 그 어려운 과정을 겪고 낳으셨을 텐데. 나는 온갖 사랑을 받으면서도 철부지 시절엔 늙은 엄마보다 젊은 엄마를 둔 아랫집 친구를 부러워했다. 옥색 한복에 비녀 꽂은 쪽머리를 하고 학교에 오시는 걸 부끄럽게 생각한 적도 많았다. 내가 아들이었으면 어머니는 아버지 앞에서 얼마나 당당하셨을까.

여행지에서 돌아오자마자 전복을 넣고 닭죽을 쑤어 요양원으로 갔다. 국그릇에 칠 홉 정도 드렸는데 하나도 남김없이 드셨다. 과일 주스도 한 컵을 다 마셨다. 찾아뵙는 주기는 매번 같은데 당신 곁에서 멀어진 걸 어떻게 느끼실까.

수년 전, 작은언니가 하늘나라로 떠나갔다. 어머니가 받을 충격에 우린 차마 말씀을 드리지 못했다. 어머니 몰래 언니 장례식을 다녀왔다. 삼우제를 지내고 와서 어머니를 찾아뵈었다.

어머니는 툇마루에 앉아 있었다. 반색하던 때와 달리 멍하니 바라만 보시는데 기운이 없어 쓰러질 것 같았다. 무슨 일이 있느냐고 여쭤보았다. "참 별나지. 엊그제는 웬 까마귀 떼가 용마루로, 앞마당 위로 뱅뱅 돌며 꽈악꽉 대더라. 그리구 일순간 내 골이 아뜩하더니 개이는 거야. 참 요상두 하지." 어머니보다 하루만 더 살면 좋겠다던 언니가 이승을 떠나기 전에 마지막으로 어머니를 뵈러 왔다간 걸까. 내가 태어났던 오십여 년 전 그때, 어머니 몸에서 탯줄은 이미 끊어진 줄 알았다. 어미와 자식 사이는 보이지 않는 시공간으로 마지막 숨결까지 이어져 있는가 보다. 그날 어머니의 깊은 주름 속으로 스며든 초가을 볕도 시르죽었다.

겨울을 난 산세베리아에서 뽀쪼롬하게 새싹이 올라왔다. 누르스름하고 퍼석한 산세베리아도 탯줄을 잇고 있었다.

잘 살았나봅니다

"두두두욱—."

환장하겠다. 후진하던 기어를 D로 변속하고 빼내려는데 또 드르르윽. 식당 주차장이 협소해 지인의 아파트에 주차하다 그만 사달이 났다. 하필 오늘은 내가 밥을 사는 날이다. 온몸의 힘이 빠진다. 겨울 해가 짧아 일찍 저물고 날씨마저 흐려서 차내 화면이 뿌옜다. 어림잡은 감이 빗나갔다.

옆 차는 흰 SUV였다. 운전석 뒷문 손잡이 옆으로 시커멓게 긁힌 자국이 선명하다. 문질러보니 지워질 기미는 없고 꺼끌꺼끌하다. 차에 놓인 연락처로 전화를 걸었다. 꺼져 있다. "아프면 병원 가면 되고, 사고 나면 보험사 부르면 되고." 삼십여 년 전 면허를 땄을 때 남편이 해준 말이다. 그런데 나는 그 가장 쉬운 논리 앞에서 한번도 의연하지 못했다.

전화기는 계속 꺼져 있다. 문자를 남기려는데 앞 동에서 한 남자가 화단을 넘어오고 있다. 골프가방을 메고 흰 차 뒤에 와서 멈춘다.

"어어 저어, 차주 되시나요? 제가 사장님 차를 긁은 것 같습니다."

내 말이 끝나기도 전에 남자가 빠르게 골프가방을 세워놓고 다가선다. 건장한 육십대 중반, 호남형인데 얼핏 풍김이 군인이나 경찰 이미지다. 나는 전화기가 꺼져 있어 지금 막 문자를 남기려던 중이었다고 말했다.

그는 전화 벨이 울리지도 않았는데 무슨 전화냐고, 안색이 일순 굳어진다. 내 핸드폰에 찍힌 발신 번호를 읽자 그는 어이없다는 표정이다. 메모된 번호와 대조해보니 내가 틀렸다. 당황해서 숫자 하나를 잘못 본 것 같다고. 나는 진심으로 송구했고 잔뜩 겁먹은 얼굴이었을 게다.

그가 내 쪽으로 와서 자기 차를 훑어본다.

"어디지요? 보시다시피 새 차인데."

"여기, 이 자국이요. 사장님이 안 그러셨으면 제가 긁은 거어겠지요오."

남자는 말이 없다. 수리비를 계산하는 중인가. 그 순간 나는 제발 적은 금액의 현금으로 간단하게 끝났으면 했다. 그가 어떤 말부터 시작했는지는 모르겠다. 듣다 보니 성난 말투가 아니다. 말이 부드럽다. 하두 진심으로 미안해하시니까. 뭐 차 갖고 다니다보면 뭐어, 하면서 본인은 얼마 전에 앞차 번호판에 작은 볼트 자국낸 걸로 수리비를 물어줬다고. 영화 〈범죄도시〉의 마동석처럼 생긴 청년 둘이 열흘이나 병원에 누워 있었다고 한다. 잘 넘어가나 했더니 본격적으로 수리비 얘길 하려나보다.

그가 다시 말했다. 이 차는 후바에게 가져가라 했고 이제 인생의 마지막으로 탈 좋은 차를 신청해놓았다고, 일주일 후면 새 차가 나온단다. 나는 자동차 딜러가 고객을 대하듯 그를 한껏 추켜세웠다. 그는 군인으로 전역했고 이제 골프나 치면서 즐겁게 살려한다고, 다음날 새벽 라운딩을 위해 골프채를 미리 실어두러 나왔다고 했다.

나는 그의 호기로운 이야기를 성심껏 들었다. 필드 한번 나가본 적 없지만 레슨 받았을 때 주워들은 용어 몇 개로 응수하고, 골프 칠 형편은 못 된다고 슬쩍 꼬리를 내렸다. 수리비 좀 줄여보겠다고 내가 지금 뭐하는 거야, 하면서도 얼마면 되겠냐고 먼저 묻지 못했다.

그는 후배 놈에게 싸게 주는 대신 알아서 고쳐 타라 하면 된다고 다시 한번 거드름을 피우더니 내게 참 양심적이라는 말로 마무리를 지었다. 어찌나 감사하던지 나는 정중하게 배꼽인사를 하고 돌아섰다. 그때 가던 걸음을 멈추고 그가 물었다.

"그 차는 괜찮습니까?"

"네? 뭐 어차피 제 과실인 걸요."

그러고 보니 내 차는 보지도 않았다. 나는 소심한 이면에 차 흠집에는 좀 관대한 편이다. 소모품이니 어지간한 건 넘겼다가 큰 수리할 때 몰아서 한다.

하늘을 나는 듯이 식당에 도착했다. 걱정하는 사람들에게 자초지종을 말하자 자동차 사고 유형과 경험담이 폭포처럼 쏟아진다. 그 와중에 한 사람이 "ㅇㅇ엄마, 참 잘 살았네요." 요즘 세상에 그런 분 흔치 않다고, 그런 사람 만난 건 잘 살아온 덕이란다. 잘 살았기에 복 받았다니 감동이다. 사고가 아니라 큰 보상을 받은 것 같았다.

잘 산다는 건 뭘까. 자기 자신에게 부끄럽지 않게 사는 것. 진심으로 대하고 신뢰를 준다면 나름 잘 사는 거 아닌가. 그런데 오늘 일이 정말 내가 잘 살아온 덕일까. 어쩌면, 아량을 베푼 그 남자가 군자답게 베풀며 살아온 결과는 아닐까.

집에 도착해 내 차를 살펴보았다. 새로 생긴 흠집이 없다. 꼼꼼히 봐도 조수석 쪽 범퍼가 멀쩡하다. 가만, SUV 문은 내 승용차 높이와 다르지 않나? 두두득 소리는 분명히 뒤쪽에서 크게 났는데. 쪼그려앉아 뒤 범퍼 아래를 들여다보며 손으로 쭉 쓸어보았다. 뭐야! 화단 가장자리 시멘트를 긁은 거였어?

"그 차는 괜찮습니까?"

그 말은 '아이구, 이 아주머니야, 정신차리고 잘 사셔야겠습니다'였네.

주문酒文 자작

축석고개

고갯길로 핸들을 틀었다. 고향 가는 날, 쭉 뻗은 8차선보다 옛 길로 가고 싶은 날이 있다. 진달래꽃 필 무렵엔 더욱 그랬다. 여전히 차 두 대만 겨우 비껴가는 축석고개. 한쪽은 깊은 낭떠러지이고 한쪽은 한나절이 지나야 산마루에 해가 든다.

"혹시 이쪽을 아시나요? 옛날에 이 고개, 참 삭막했어요." 둘레길에서 내려온 남자가 약수를 마시며 묻는다. "저기 검문소 때문에 더 그랬던 것 같아요" 나는 뭔가 동지애를 느꼈다.

"너네는 이런 데서 어떻게 살아?"

1970년대 초, 언니 친구가 우리 집에 놀러왔다. 남도 사람인 그녀는 검문소를 보고 매우 놀라워했다. 철원. 포천에서 서울로 들어가는 43번 국도를 통과하려면 모든 차는 축석검문소에서 반드시 멈췄다. 내가 버스를 탄 건 60년대 후반이었으니 그 이전부터 있었을 것이다. 눈썹까지 철모를 눌러쓴 헌병이 "잠시 검문 있겠습니다"라며 거수경례를 하고 버스 통로를 훑으며 지나갔다. 수상쩍다 싶으면 신분증을 요구했다. 절도 있는 워커 발소리와 철모의 헌병이란 글자에서 위엄이 느껴졌다. 간첩 넘어온단 말을 밥 먹듯이 들어선가, 나는 오히려 헌병이 있어 안심되었다. 못 살 동네라던 언니 친구는 헌병들이 으짜 하나같이 멋찌냐며 창문 밖으로 고개를 쭉 빼고 봤단다.

세월이 흐른 어느 여름, 검문소에 총을 메고 반듯하게 선 헌병이 눈에 들어왔다. 어깨가 딱 벌어지고 곱상한 얼굴이 낯이 익었다. 버스가 출발한 뒤에야 생각났다. 중학교 동창생인 것을. 얌전한 아이였는데 정말 의젓하고 늠름했다. 햇볕에 새까맣게 그을렸는데도 멋있었다.

약수를 마신 남자는 도시로 나가 출세한 선후배를 보면 당장 이 고개를 넘고 싶었다고 한다. 좁은 지역에서 초중고를 다니다 보니 학연과 지연으로 얽혀 웬만하면 다 아는 사이라 더 그랬던 것 같다고. 야망을 품고 이 고개를 넘었지만 설령 실패하고 돌아와도 이 고개가 등을 다독여줄 것 같은 든든함도 있었단다. 누군가는 답답해 도망치듯 이 고개를 넘었고 누군가는 금의환향

하며 되넘었다. 특히 그 시절 여자들은 남자보다 일찍 취직하고 결혼하며 이 고개를 완전히 넘어갔다.

어머니는 양주(지금은 의정부시)에서 이 고개를 넘어와 포천 청년과 결혼했다. 여자들은 결혼을 계기로 도시로 나가길 바라는데 산골로 들어왔다. 농지는 많았어도 천수답 농사로는 가산을 불리지 못했다. 자식은 많아지고 어느 해인가 새 집을 사려는데 집값은 터무니없이 부족했다. 어머니는 이 고개를 넘어 친정으로 갔다. 그 성정에 돈 얘기는 꺼내지도 못하셨을 텐데, 고개를 넘는 발길이 얼마나 무거웠을까. 어머니의 어머니는 눈치로 알아채시곤 모아놓은 쌈짓돈을 손수건에 둘둘 말아주셨다고 한다. 그때 장만한 집에서 내가 태어났고 어머니의 어머니는 지금 이 축석고개가 있는 산 중턱에 잠들어 계신다.

처음으로 고향을 떠나던 날 나는 이 고개를 넘어서며 마음이 요동쳤다. 친구들은 시골을 벗어나서 좋다고 했지만 나는 홀로 남은 어머니가 애달팠다. 방학이면 외갓집에 가던 고개 같지 않았다. 도시생활에 부대끼던 어느 날 고향 집엘 가는데 축석고개 산등성이에 핀 진달래꽃이 보였다. 골짜기 잔설 옆에서 부챗살 같은 햇빛을 받고 피어 있었다. 삭막한 고개에도 봄은 있었다.

사실 축석고개는 따스한 곳이다. 소흘읍 어룡리에 부사를 지낸 오백(1643~1720)이라는 사람이 있었다. 그는 부친이 위독

하자 벼슬을 버리고 고향으로 돌아와 병간호에 전념했다. 어떤 약도 효험이 없어 탄식하고 있는데, 꿈에 산신령이 나타나 석밀(석청)을 먹이면 병이 나을 거라고 했다. 석청을 구하기 위해 온 산을 헤맸다. 그러다 호랑이를 만났다. 내가 죽으면 아버지는 누가 돌보냐고 엎드려 통곡하다 고개를 들어보니 호랑이는 간데없고 바위만 남았다. 그 바위틈에서 흘러나온 석청을 받아 아버지를 살렸다. 사람들은 이 바위를 범바위(효자바위)라고 불렀다. 그 후 오백주가 매년 이 바위에 와서 부모님의 만수무강을 축원했다 하여 축석령祝石嶺이다. 효심이 살아 있는 곳인데 한국전쟁 당시 공산군이 탱크를 밀고 이 축석고개를 넘어 서울로 진입하려 했다. 그때 변변한 무기가 없어 몸을 던져 희생된 그 영령을 기리는 현충탑만 보인다.

검문소가 있던 자리를 지난다. 검문소는 오래 전에 없어졌다. 그 자리에서 서울 쪽으로 대전차 방호벽을 세웠다. 88서울올림픽 개최가 결정나고서였다. 위급상황 시 피란민이 서울로 빠져나가면 콘크리트 구조물인 방호벽을 무너뜨려 탱크부대를 막는 역할이었다. 수도首都 서울을 지키고 국민을 보호한단 취지였다.

나는 결혼해 멀리 떨어져 살았지만, 고향으로 들어서고 나가는 관문에서 방호벽을 볼 때면 공격받게 될 위험지역에 갇힌 것 같았다. 고향 사람들은 안전하게 저 방호벽을 넘어올 수 있을까. 동굴 밖으로 벗어나는 방법을 잊은 동물처럼 방호벽 안에 있어서 평안할까. 방호벽은 무려 24년이 지나서야 헐렸다.

　포천과 의정부시의 경계점인 축석고개. 이쯤 오면 고향에 다 왔다는 안도감이 생긴다. 막차를 타도 '여기서부터 포천입니다'라고 쓰인 이정표만 보면 안심된다. 어디쯤 오냐고 물을 때 지금 막 축석고개 지나간다고 하면, 전기밥솥에 불 꼽아야겠다던 어머니 말씀이 들리는 것 같다. 내 안의 봄을 발견하고 싶을 때 나는 무시로 이 고개를 넘는다.

피자 한 쪽

“딴 곳으로 좀 비켜주세요. 냄새나니까.”

버스 안이 어두침침했기에 망정이지 얼굴이 확 달아올랐다. 너무 창피해서 급히 뒤쪽으로 옮겼다. 냄새? 나는 손으로 입을 막고 날숨을 잘게 부숴 쉬었다. 그때부터 윗배가 땅땅하게 뭉쳤다. 두통이 생기고 식은땀이 났다. 울럭울럭 하는 속을 간신히 쓸어내리다 휴게소에 내리자마자 화장실로 뛰었다.

둘째 언니의 암이 재발했다. 언니를 보러 전주에 있는 병원으로 내려갔다. 햇빛이 가득한 창가 침대에서 언니는 자고 있었다. 퇴원하면 항암에 좋은 음식을 해먹는다고 하더니 머리맡에 요리책이 있다. 얼굴이 푸석푸석하다. 나는 언니 팔뚝에 꽂힌 우윳빛 링거를 쳐다보다 차마 더는 볼 수가 없어 창밖으로 눈을 돌렸다. 그날 따라 청록색 나뭇잎은 유난히 반짝거렸다.

병실의 침대 칸막이 커튼을 치고 앉았다. 아늑하다. 기름 닳을까봐 남폿불 끄고 얼른 자라고 하던 부모님 몰래 이불 속에서 소곤거리던 방 같다. 호박잎 깔고 엄마가 쪄주던 찐빵, 다래를 따먹던 계곡, 눈덩이를 굴려 만든 눈사람, 작은 일들이 줄을 잇는다. 환자인 것도 잊고 옛날 얘기를 하느라 시간 가는 줄 몰랐다. 언니 이마에 잔잔한 땀이 맺혔다.

언니를 씻기기 위해 샤워실로 갔다. 항암치료로 몽땅 빠졌다 다시 나온 머리칼에 물이 닿자 머릿속이 훤하다. 샤워기 물줄기에도 머리 속살이 아플 것만 같았다. 나를 씻겨주었던 언니의 등을 오랜만에 닦는다. 복수가 찼는지 배가 두루뭉술하다. 몸은 통통하지만 시원하게 밀 수가 없었다. 언니와 몇 번이나 더 목욕을 할 수 있을까. 나도 모르게 언니 등 위로 뜨거운 눈물을 뚝 떨구었다.

어느새 병실 밖 가로등 불이 하나 둘 켜졌다. 집으로 가는 막차 시간이 다가왔다. 언니는 이담에 오면 따순밥 해줄 테니 피자라도 먹고 가라며 피자를 배달시켰다. 막차를 놓치더라도 언니가 보는 앞에서 피자 한 쪽은 먹어야 할 것 같았다. 나는 탐스럽게 한 입을 베어먹었다. 언니가 금방 지어준 밥이라 생각하고 꾸역꾸역 씹어먹었다. 언니가 차려주는 마지막 저녁밥일지 몰라 끝까지 욱여넣고 병실을 나왔다.

가까스로 버스터미널에 도착했다. 좌석은 이미 매진이었다. 입석은 금지였지만 마지막 버스를 타야 하는 절박한 사정을 들어주었다. 휴게소에서 다른 차로 옮겨타기로 했다. 막차에 탄 사람들은 타자마자 등받이에 기댔다. 차내는 소등을 하고 비상등만 켰다. 혼자만 서 있던 나는 가방에서 책을 꺼냈다. 뻘쭘하여 어색한 걸 감춰보려는 행동일 뿐 글씨는 보이지 않았다. 된서리 맞은 풀잎처럼 폭삭 까부라진 언니만 떠올랐다.

십여 분쯤 왔을까. 자리에 앉은 여자가 나를 올려다보았다. 나는 의자 등받이 옆에 서서 한 손으로 버스 선반대를 잡고 있었다. 버스가 쏠릴 때 여자의 어깨에 내 몸이 닿았는가 해서 곧추섰다. 그런데 여자가 다시 팔꿈치로 나를 툭 쳤다. 멀미가 나서 도움이 필요한가. 허리를 굽혀 귀를 대주었더니 비켜달라는 것이었다.

나는 평소 피자를 좋아했다. 맛도 있고 한 끼를 때우기에 부담 없었다. 무명실처럼 늘어진 치즈를 혀에 감고 턱에 달라붙은 한 오라기에도 깔깔대던 아이들을 보며 즐거웠다. 직장생활할 때도 간식 중에 피자가 일 순위였다.

나는 언니 마음이 서린 피자라서 더 잘 먹을 줄 알았다. 그러나 그날 이후 피자를 먹지 못했다. 병실에서 먹었던 피자가 아닌 고구마피자, 고르곤졸라, 하물며 피자의 고향 이탈리아 여행에서조차 기분 좋게 먹었지만 체했다. 버스의 여자도 자석처럼 붙어다녔다. 피자를 급히 먹고 오느라 입가심을 못해 냄새가 역겨웠겠지만 야속했다. 내 슬픔은 내가 감당할 몫인데 여자에게 시비를 건다. 아직 삭이지 못한 기억이 명치 끝에 걸려 있다. 만약 그때 여자가 자리를 비켜달라고 하지 않았다면 어땠을까.

언니는 네 자매 중 혼자만 뚝 떨어져 살았다. 그런데도 나 사는 데만 급급해 자주 내려와보지 못했다. 외롭다 서운하다 아프다 말하지 않았다고 그 마음을 헤아리지 못했다. 아니 어쩌면 언니는 거기에 순응하며 잘 살았던 건데 아직도 떠나보내지 못한 내 맘이 더 외로운가보다. 그해 언니는 먼길을 떠났다. 겨우 마흔아홉 해만 살고 가서 내가 품은 애도의 마음이 더 찐한가보다.

언니 기일즈음 조카가 다녀갔다. 언니는 볕 잘 드는 곳에서 잘 계신다고 한다.

주문酒文 자작

　　남편이 퇴근해서 저녁상을 차릴 때면 일일연속극 시간과 맞물렸다. 드라마에서는 뚝배기집에서 술 마시는 장면이 자주 나왔다. 안주 좋을 때나 반주를 하던 남편이 똥팔이 아저씨 때문에 술을 안 마실 수가 없다고, 소주 찾는 횟수가 늘었다. 그때마다 내게 한 잔만 마셔보라고 권했다. 그날도 술 한 잔만 같이 마시면 설거지를 해주겠다, 주말에 외식을 하겠다면서 옵션을 늘렸다. 술이란 게 주거니 받거니 해야 맛이 난다나. 그때만 해도 자작하는 문화가 아니었다.

　　"당신 안 마셔도 좋으니까 앞에다 잔만 받아놔."

　　"내가 무슨 죽은 사람이에요?"

　　"그럼 한 잔 갖고 다섯 번에 꺾어 마셔봐."

　　날마다 밖에서 취해오는 남편 때문에 속상하단 이웃도 많았다. 장단이라도 맞춰주면 될 일. 잔을 부딪쳤다. 혹 들어온 소주 냄새는 역겨웠다. 숨을 참고 돌쟁이 물 먹듯 입술로 축여 마셨다. 어라, 소주가 달다. 반 잔을 홀짝 마셨다. 놀란 남편의 큰눈에 쌍꺼풀이 한 겹 더 생겼다. 나는 얼굴색도 변하지 않은 채 석 잔이나 마셨다. 맨송맨송하다. 그 뒤로 어찌 되었겠는가. 소주 한 병은 왜 일곱 잔이냐고 소주잔 키를 대가면서 나눴다. 설거지도 안 하고 남편이 자진해 읊었던 서비스 목록을 또렷하게 기억해서 잘 우려먹었다. 남편은 작전에 말려든 것 같다고 떨떠름하게 여겼지만 나는 친정아버지의 혈통을 이어받은 게 맞다.

아버지는 이웃 삼동네에서도 인정하는 술고래였다. 지고는 못가도 먹고는 갈 수 있다고 하셨다. 사람이 좋아서 마실 이유는 날마다 생겼다. 주사는 없었는데 가슴 밑자락엔 종손으로서 책임을 다하지 못한 한이 깔려 있었다. 희망의 종지부를 찍은 딸이 나였다.

나는 술 먹는 남자와는 절대로 결혼하고 싶지 않았다. 아버지에게 데었을 법도 하건만 어머니는 남자가 술 한 잔은 해야지, 샌님같이 쪼잔하고 빡빡하면 안사람이 더 힘들다고 했다. 아이러니다. 어머니는 술이 잘 익었는지 맛볼 정도면서 누룩 막걸리를 정성껏 담그셨다. 술기운에 읊으시던 창부타령이 아버지만의 속앓이 해소법이란 걸 아셨을까.

술 마시는 남편이라고 다 화통하진 않다. 의견이 충돌할 때 보면 너무 논리적이다. 한날한시에 똑같이 어른 돼놓고 나만 애 취급을 한다. 나는 우리 부모에게만 막내딸이라고 짚어주었다. 술은 본능에 충실하다. 발밑에 움츠려 있던 용기를 끌어올린다. 숲속의 꿩은 개가 내몰고 오장 속의 말은 술이 내몬다더니 감정을 여과 없이 수용하고 솔직한 마음을 재치있게 퍼나른다. 남편은 자기가 스스로 발등을 찍었다면서 어이없어 웃었지만 몰랐던 나의 기질을 발견해준 덕분에 내 영역은 넓어졌다. '한 잔의 술은 재판관보다 더 빨리 분쟁을 해결해준다'라는 시인 에우리피데스 말에 완전 동감이다.

"당신 나한테 그렇게 불만이 많은 줄 몰랐네." 어느 날 저녁 남편 하는 말이 뜬금없다. 평소와 별다른 게 없는데 이상하다. 불만을 알은체하는 건 그 부분을 채워주려는 게 아닐까. 선물이라도 사주려나. 남편의 찬찬한 성격을 알기에 은근 기대를 걸었다. 그런데 "당신 수필 쓰는 사람이 이렇게 욕만 써도 되겠어?" 아차 싶었다. 술 몇 잔 마시고 일기장에다 남편의 불만으로 도배를 해놨다. 하필 그 노트를 무심코 떠들쳐봤나보다. 충격이 컸는지 여느 때보다 남편 퇴근이 늦었다.

꼬박 일주일 후 저녁이다. 남편은 그동안 직원들을 보내고 빈 사무실에 앉아 생각했단다. 부부로서 사랑하는 방법을, 보호해준다고 한 건데 배려를 몰랐다고, 꿀보다 더 달달하고 바다 같은 품으로 나를 아우른다. 애초 남편이 원한 술 한 잔도 평생 함께 갈 동반자와의 소통이지 않았을까.

술과 거리가 멀어졌다. 술이 당기지 않는다. 바깥일로 바빠진 남편도 집에서 술을 안 한 지 오래다. 글도 만날 그 타령인데, 이쯤에서 혼자 술잔을 놓고 자작하며 질박한 글 한번 써볼까. 못된 주사酒邪도 주정酒酊도 아닌 격 높은 주문酒文이다. 덤덤한 일상에서 날것의 감성으로 글타래를 술술 풀어낼지 모를 일이다. 잘 익은 술과 문학과의 절묘한 조합으로 은유의 글 한 줄 얻을지 누가 알랴. 설령 세상 빛을 못 보더라도 내 안에 모난 것들과 화해하는 시간은 되지 않겠는가.

부천역에서

가을볕에 끌려 밖으로 나왔다. 소공원을 거쳐 심곡천 산책로로 들어섰다. 물고기 떼가 내려오고 나는 거슬러 오른다. 양지바른 둔덕에 계절을 잊은 들꽃이 소곳소곳 피었다. 몇 년 전만해도 복개천이었던 곳이 시민의 강, 쉼터로 변했다. 뭔가 끊임없이 생기고 사라지는 도시, 문득 부천역까지 걷고 싶은 충동이 인다. 버스 두 정거장 거리다.

부천의 중심지인 부천 북부역은 부천대학에서 쏟아져 나온 젊은이들의 열기로 활어처럼 생기가 넘쳐난다. 서울과 인천에 직장을 둔 시민들도 대부분 이 역을 거친다. 부천에서 최초로 생긴 지하상가와 자유전통재래시장, 시민의 발인 소신여객 버스 종점까지 있어 늘 북적인다. 몇 해 전 역광장에는 공연무대도 생겼다. 비보이 경연과 버스킹, 지역축제가 열릴 땐 트로트가 팡 팡 울려 어깨를 들썩이곤 한다.

금강제화점

옷가게를 기웃거리며 걷다가 나는 뒷걸음질을 쳤다. "어머나" 나도 모르게 탄성이 새어나왔다. 금강제화 건물이 텅 비었다. '임대'. 코로나팬데믹이라지만 수십 년 역사를 가진 금강제화점이 문을 닫다니….

스물여덟에 나는 부천시민이 되었다. 은행과 병원, 애들 옷을 사려면 부천역으로 나갔다. 북부역 바로 앞에 4층짜리 로얄백화점이 쇼핑의 메카였다. 북부역 사거리에서 중앙통으로 부천예식장과 금강제화, 그리고 점포 몇 개를 지나면 중앙극장이었다. 세 곳은 시민들의 만남 장소였다. 금강제화 건물은 부천의 랜드마크라 할 수 있던 부천예식장과 붙어 있어 하나의 웅장한 성城처럼 보였다. 보통의 시민들은 그들의 아들딸에게 금강제화의 구두를 신기기 위해 열심히 일했을 것이다.

1980년대 남편이 명절에 금강제화 상품권을 몇 장 받아왔다. 그때는 최고 선물이었다. 같은 금액의 현금보다 훨씬 높은 가치를 매겼다. 나는 비록 싼 구두를 신었지만 남편 구두를 사는 것만으로도 어깨가 우쭐했다. 상품권으로 지불하면 사회 어느 분야에선가 대접받는 사람 축에 낀 것 같았다. 매장 직원들의 태도도 그리 보였다.

1990년 초, 중동신도시가 형성되자 유명 백화점과 대형 할인 매장이 줄지어 생겼다. 나도 신도시 아파트에 입주하면서 자연스레 생활권이 바뀌었다. 복숭아밭에 생긴 송내역이 더 가깝고 강남 가는 7호선 전철이 개통돼 부천역과 멀어졌다. 부천역을 거쳐 가던 시흥시민들까지도 서해선 전철이 생기는 바람에 소사역에서 빠져나갔다. 그래도 2020년 기준, 인구가 90만 명에 육박했다. 부천역 주변 심곡동, 심곡본동, 원미동은 인구밀도가 높다. 단 한번도 부천역의 금강제화가 없어질 거란 생각은 못했다. 서울 명동의 금강제화점이 사라졌다 한들 그건 남의 일이었다. 부천시민인 나는 집안 어르신 한 분을 잃은 것만큼 허탈했다. 제대로 이용하지 않은 내가 지금에 와서 할 말은 아닌 건가.

시아버님 생각이 났다. 어느 해 아버님이 감나무에서 굵은 감만 골라 짊어지고 오셨다. 항상 정갈한 양복만 입는 어른이 짐 가방을 들고 다니는 모습은 보기 드문 일이었다. 며느리 힘들까 봐 오시지도 않는다. 그 먼 걸음을 하고도 딱 커피 한 잔만 마신 후 일어나셨다. 골목 모퉁이를 돌아가시던 아버님을 물끄러미 바라보는데 뒷굽 닳은 구두에 눈길이 닿았다. 부천역 금강제화가 떠올랐지만 아버님 팔을 붙잡지 못했다. 그때 나는 곧 입주할 아파트에 새 가구 들여놓을 궁리를 먼저 했다. 다음은 기약

할 수 없었던 것을.

문이 굳게 닫힌 건물 앞에 유치원생 손을 잡은 애엄마가 겹쳐져 보인다. 구두 사고 남은 거스름돈으로 겨우 열쇠고리 하나만 얻고서도 흡족해하던 여자. 샌들을 신으면 발가락도 이뻤다. 30여 년 지난 지금은 투박한 단화를 신는다. 발 모양이 틀어져서 하이힐을 신어본 지 언제였던가. 겉모습쯤 변한 건 빙산의 일각이다. 세상에 고분고분하던 여자가 이젠 억지를 쓰다가 제풀에 지쳐 조용하다. 내 안에서 사라진 것들은 또 얼마나 많을까. 막새바람이 차갑다.

중앙극장

부천에서 극장다운 규모를 갖춘 극장은 단연 중앙극장이다. 소사극장이 있었다는데 직접 본 적은 없다. 나는 중앙극장의 상영작 포스터를 볼 때마다 설레었다. 애들끼리 잠잘 정도만 되면 저 극장에서 영화를 보리라, 벼르고 별렀다.

어느 해 결혼기념일, 초등생 큰애에게 둘째를 맡기고 딱 한 번 〈보디가드〉를 보았다. 작은아기가 울다 잠들었단 큰애 말은 귓등으로 날려버리고 나는 영화의 여운 속에 묻혀 살았다. 그때부터 중앙극장이 전업주부의 숨통을 터주었다. 건물만 봐도 내 보디가드가 거기 있는 것처럼 든든했다. 그러다 이제 영화 좀 보

러 다닐 수 있게 되었는데 신도시에 멀티플렉스가 생겼다. 조조
든 심야든 슬리퍼를 신고 산책하듯 갈 수 있는 거리였다.

"글쎄 중앙극장이 문을 닫는대."

소문이 신도시까지 들렸다. 각자 입맛대로 볼 수 있는 상영관
으로 관객이 몰리니 단관 극장은 버티지 못했다. 2007년쯤이었
다. 위엄있게 우뚝 선 건물과 영화 간판의 칠이 벗겨졌다. 유명
배우의 일그러진 얼굴이 극장 사장님 심정 같아 보였다. 부천문
화원 편집위원으로 취재차 사장님을 뵌 적이 있다. 부천토박이
인 그는 고향에 번듯한 극장을 짓겠다는 꿈을 꾸었다. 삼십대였
고 소사읍에서 부천시市로 승격을 앞둔 시기였다. 그는 숱한 우
여곡절을 겪으며 1972년 가을에 극장 문을 열었다.

서울 중심가에서 개봉하는 영화 포스터를 동시에 걸었다. 음
향시설도 최고급으로 갖춰 관객의 호응이 좋았다. 서울 구로,
오류동, 개봉동과 시흥, 김포에서도 관객이 몰려들었다. 인천과
서울 사이에 낀 도시, 부천을 알리는 역할을 톡톡히 했다. 시민
회관을 짓기 전에는 어머니 합창대회 같은 시市의 행사장으로도
쓰였다. 관객 한 사람만 있어도 영사기를 돌려야 하는 조조엔 군
부대 장병들과 의경들을 초청했다. 고된 병영생활 중 영화를 보
며 휴식을 취했던 그때의 청년들은 아마 오십대 중년이 되었겠
다. 그들은 이십대의 낭만을 안겨준 곳으로 기억할 것이다. 바

다에서 갓 잡아올린 생선을 밥상에 올리듯이 중앙극장은 문화 밥상에 예술적 정서를 차려냈다.

화려한 간판을 내린 극장 1층엔 속옷, 중고책, 주방그릇 등등의 깔세가 돌고 돌았다. 다시 영화 포스터를 올릴 거란 말도 돌았고 새 건물이 올라갈 거란 이야기가 분분하게 나돌았다. 나는 고층 빌딩이 들어선다는 말이 달갑지 않았다. 하얀 건물에 시뻘건 색으로 그어놓은 X표를 보니 허망했다.

30여 년을 함께 살아온 극장 건물이 헐렸다. 고향을 지키던 느티나무가 뽑혀나간 것 같다. 오륙십대 사람들은 극장 앞에 서서 고개를 갸웃거렸다. 다시 극장간판을 올려다보듯 고개를 쳐들어보고 발걸음을 옮겼다. 시민들 가슴속에는 저마다의 의미 하나가 새겨졌을 이곳. 우리는 누군가에게 어떤 의미로 기억되고 머물 만한 자리가 되었을까. 젊은날 미루고 미루다 놓쳐버린 것들도 톺아본다.

그 자리에 고층 빌딩이 들어섰다. 버스정류장 이름도 ‘중앙극장’에서 빌딩 이름으로 바뀌었다. 긴 외래어는 아직도 익숙하지 않다. 새로 생긴 척추전문 병원을 찾으려고 두리번거리는데 젊은 남녀가 〈오징어게임〉 이야기를 신나게 하면서 지나간다.

소사대장간

부천 남부역에서 서울 방향으로 걷는다. 경인국도 왼편에는 철과 관련된 부품가게들이 소사역까지 이어졌다. 특유의 쇳내가 매연과 뒤섞여 매캐하고 시큼텁텁하다. 허름한 2층짜리 건물에 무채색 간판들. 그 틈에서 소사대장간을 찾았다.

옛날 이야기에서나 나올법한 대장간이 있는 게 신기하다. 화덕에서 불이 활활 타오르고 있다. 작고 땅땅한 체구의 대장장이는 육십대 중반은 넘어보였다. 시뻘겋게 달궈진 쇳덩이를 건져 찬물에 담근다. 우직하고 다부지게 생긴 얼굴에서 땀이 비 오듯하는데 지친 기색은 없다.

1960년대 그는 가난 때문에 무작정 상경했다. 먹여주고 재워준다니까 들어간 곳이 대장간이었다. 고향에서 쓰던 농기구라 친숙했고 눈썰미가 좋은지 뭐든 만들면 제법 비슷한 모양이 나왔다. 인정을 받으니 자신감이 생겼다. 그도 조그맣게 대장간을 차렸다. 당시엔 사대문만 벗어나면 서울에도 농지가 많아 일감이 넘쳤다. 쇠로 하는 물건은 모두 다뤘다. 건설 붐이 일어 중장비 부속품 주문이 밀려들었다. 그러다 급변하는 시대에 재개발로 대장간을 옮겨야 했다. 가겟세를 맞춰 밀려온 곳이 부천 심곡본동 이 자리다. 공장지대와 농지가 많은 부천과 이웃한 시흥까지 흡수하니 목 좋은 자리였다.

아주머니가 신문지에 둘둘 말아온 부엌칼을 놓고 갔다. 자유재래시장에 다녀올 동안 칼날을 벼려달라고 했다. 나는 '벼리다'는 말을 초등학교 4,5학년쯤에 들었다. 농사꾼인 아버지도 뭉툭해진 쇠스랑과 괭이, 삽, 호미 등을 새끼줄로 묶으면서 대장간에 가 '베려온다'고 했다. 오일장 서는 날이 일요일이었는지 시장 구경을 하고 싶던 나는 십 리 길도 걸을 수 있다면서 겁도 없이 아버지를 따라나섰다. 풀섶 이슬에 발등이 젖는 줄도 모르고 쫄랑쫄랑 걸어갔다. 그날 아버지는 거금의 차비를 내고 합승 버스를 탔다.

대장간 앞에 농기구가 줄을 섰다. 흙구덩이에선 대장장이 아저씨의 키 높이만큼 장작불이 활활 타오르고, 쇠망치를 두드리며 아저씨는 방아깨비처럼 고개만 끄덕였다. 농기구를 맡겨놓고 아버지와 시장통으로 들어갔다. 아버지의 단골 국밥집에서 뜨끈한 아침을 먹고 알록달록한 포목점, 종묘사, 신발가게, 그리고 찐빵을 양손에 쥐고 대장간으로 갔다. 농기구는 새 것이 되었다. 갓 태어난 아기 엉덩이의 파란 점點처럼 삽도 쇠스랑도 다시 태어나느라 힘들었는지 온몸이 푸르딩딩하다.

소사대장간 대장장이가 호미를 정돈한다. 요즘은 수요도 적지만 중국산이 대량으로 들어와 주문량이 현저하게 줄었단다. 일곱 번은 불구덩이에 들어가고, 백 번 넘게 망치질을 해야 탄생하는 낫 또한, 감히 비할 바도 못되는 할랑할랑한 중국제품에 밀려나고 있단다.

칼만 꾸준하다고. IMF 때는 오갈 데 없는 실직자들이 낚시터에서 시름을 달랬다. 먹고살 만해지자 낚시가 취미인 인구가 늘어나 낚시칼이 많이 나간다. 일식집 칼도 우리 것을 최고로 쳐주는데 오히려 가정용 부엌칼은 해외여행 가서 독일제를 사온다나. 검도 칼은 호신술로 배우는 성인동호회가 있어 수요가 좋단다. 특별하게 다루는 건 무속인들의 칼과 작두라고 하였다. 어느 것이든 공들여 만든 주문품을 찾아가지 않을 때 제일 애가 녹는다. 임자를 못 만나면 한낱 고물이 되기 때문이다.

최첨단시대라지만 꼭 대장장이의 손을 거쳐야만 나오는 물건들. 본本도 없고 공식도 없다. 쇠의 강도에 따라 열처리도 다르다. 몇 도에서 망치질을 몇 번 해야 할지 설명할 수 없다. 모양이 바른지 두께가 고른지는 오로지 손끝으로 읽는다. 쇠와 불과 대장장이 혼의 합이다.

무쇠를 녹여 물건을 만드는 일은 산고의 고통을 이겨내는 출산과 같다. 불에 달구고 두드리고 벼리는 일은 수많은 세상일에 부딪히며 수없이 마음을 가다듬는 우리네 삶과 같다. 쇳덩이 두드리는 소리, 담금질하는 소리는 한세상을 치열하게 살아온 우리에게 원동력이 되었지 싶다.

일부 전남 순창, 충북, 구리의 대장간은 박물관이나 어린이 체

험장으로 운영하고 있다. 소사대장간도 부천시市의 체험장 제
의를 받았지만 영세한 생업이라 거절했다. 행사를 따라다니려
면 당장 가게에 차질이 생긴다. 무엇보다 손님이 왔다가 헛걸음
치게 할 수는 없다고 한다. 인천, 부천, 시흥시를 통틀어 소사대
장간 하나밖에 없다.

처음 대장간을 찾아갔을 때가 2012년 가을이었다. 그 후 이래
저래 마음이 출렁거릴 때면 대장간을 생각하며 널브러진 마음
을 벼린다. 무뎌진 호미를 벼리듯 마음에도 담금질이 필요했다.
그날도 분명 이쯤이 맞는데, 대장간이 보이지 않았다. 대장간
자리에 고층 빌딩 조감도가 걸려 있었다. 높게 친 펜스 안에서
땅을 파는 굴착기 소리만 요란하게 들렸다.

"그 양반 일을 더 하고 싶어했는데, 대장간 할 터를 찾지 못해
서 할 수 없이 접었지요, 뭐."

이웃 가게 주인도 안타까워했다. 망치질을 기대했던 내 심사
도 허탈한지 잠잠하다. 대장간 하나가 또 역사 속으로 사라졌다.

부천예식장

1990년대, 부천에서 약속 장소는 로얄백화점 다음으로 부천
예식장을 꼽았다. 1호선 전철 부천역에서 내려 부천예식장이
어디냐고 물어보면 열에 아홉이 알려줄 만큼 예식장으로서는

으뜸이었다. 심곡동에 신주예식장과 소사동에 낙원예식장은 규모와 위치에서 밀렸다. 그러다 역 앞에 초고층 빌딩(해태쇼핑)이 들어섰다. 인천 바다가 보이는 18층에 웨딩홀이 문을 열었다. 대부분 사람들이 외래어로 된 예식장 이름만 듣고는 거기가 어디냐고 되묻곤 했다. 청첩장을 받았을 때 부천예식장이면 편안했다.

외지에 사는 지인이 부천에서 예식장 좀 알아봐달라고 하면 당연히 부천예식장으로 갔다. 묻지도 따지지도 말라고 했다. 붕어빵에 붕어는 없어도 부천에는 부천예식장이 있었다. 내 아들도 금강구두를 사 신고 부천예식장에서 결혼식을 올리지 않을까 했었으니까. 시대변화에 예식장 스타일이 확 바뀌었고 예식장이란 명칭이 컨벤션홀, 웨딩홀이 되었을 때도 흔들리지 않고 부천예식장을 고수했다.

코로나시대에 부천예식장을 지나다보면 장례식장만큼 우울했다. 이 시국을 어떻게 넘길 것인가. 그런데 코로나19 종식을 선언했는데 부천예식장마저 간판을 내렸다. 인터넷에 부천예식장을 검색하면 본래의 부천예식장에 대한 글은 아예 없다. 부천에서 현재 성업 중인 ○○웨딩홀, ○○컨벤션만 올라온다. 코로나로 힘들었을 테고 급변하는 시대에 시민들의 문화수준도 높아졌기에 선택에 밀렸을 수는 있겠다. 사유지로서 경제적 가치에 이의를 달 수도 없건만 허전했다.

지인의 딸 결혼식에 참석했던 것으로 부천예식장과의 인연도 끝이다. 그때 혼주였던 지인이 굉장히 아팠다. 얼마 후 그가 영원히 떠났지만 나는 부천예식장 앞을 지나칠 때마다 자기 삶에 최선을 다했던 그를 떠올린다. "이간하면 잘 살았지요, 뭐" 하는 그를 추억할 기회가 줄어들지 모르지만 부천예식장도 그만하면 잘 살았다.

부천시민으로 산 지 35년이다. 봄에는 진달래 동산인 원미산이 떠오르고 부천필하모니오케스트라가 있어 긍지를 느낀다. 복숭아로 유명했던 복사골, 그 복숭아가 익을 무렵 부천국제판타스틱영화제가 열린다. 부천아트센터가 완공되어 유명한 공연도 많이 열린다. 활, 수석, 유럽 도자기, 만화박물관과 도서관이 많은 도시. 양귀자 소설『원미동 사람들』의 배경이었던 원미동, 노벨문학상 수상자이자 인권운동가였던 펄 벅 여사의 정신이 담긴 펄벅기념관, '논개' 하면 떠오르는 수주 변영로, 그를 기리는 수주문학상과 문학제는 해마다 수주문학관에서 열린다.

어디선가 쥐똥나무꽃 향기가 풍기면 내가 사는 아파트 담장이 떠오르고, 고속도로 이정표에서 '부천'만 보여도 마음이 놓이는 나는 부천사람이다.

풋콩

해 질 무렵 들어온 남편, 이발을 멀끔하게 하고 왔더라. 초등학교 친구 만나러 나갔었거든. 점심 먹고 오는데 못 보던 이발소가 보이더래. 옛날식 허름한 가게에 담장 옆엔 채송화와 맨드라미가 몇 송이 피고 이발소란 이름만 걸어놓았대. 읍에서도 변두리야.

이발할 때가 지나 꺼림칙하던 차라 들어갔더니 육십 중반의 남자가 혼자 있더래. 의자는 달랑 두 개, 한쪽에 머리 감겨주는 세면대뿐, 아주 조그마한 이발소지. 가을 햇살이 창문으로 들어오고 티브이 대신 라디오를 틀어놓았대. 무슨 방송인지 팔십년대 가요가 흘러나와 어릴 적 이발소를 떠올리게 했다더라. 이발사는 별말 없이 머리 자르는 데만 온 정성을 쏟더란다. 머리 감겨주겠다는 말에 일어서서 보니 이발사 아저씨 콧등에 땀이 맺

했더래.

"맘에 드실지 모르겠어요." 머리를 말려주며 이발사 아저씨가 하는 말에 우리 집 양반, 깔끔하기만 하면 되지요 만족합니다, 했다나. 성격 좋은 남자는 아니잖니.

이발사 아저씨는 정년 퇴임을 하고 시골을 찾아온 거야. 집 딸린 밭이 조금 있고. 연금은 나오지만 뭔가 가외로 소일거리가 하나 있으면 좋겠다 싶어 이용기술을 배웠다네. 우리 집 양반은 머잖아 보게 될 자기 모습 같더래. 여유를 즐기는 건 일과 휴식의 균형이 맞아야만 둘 다 제맛을 느낀다고 했거든. 머리를 감고 나니 몸이 선뜻했는데 아저씨가 준 꽃차가 향도 좋고 사르르 녹아들었다더라. 꽃차를 음미할 그런 분위기 있는 사람은 아닌데 말이지.

아저씨는 이발비를 받으면서 무척 미안해하더래. 아직 초보라 기술이 서툴러서 남들과 똑같이 받으면 안 된다 생각했대. 단돈 천 원이라도 적게 받아야 마땅하다고. 근데 근처 이발소에서 젊잖게 생긴 양반이 상도덕도 모르느냐, 싸게 해서 손님 다 뺏어가려는 거냐고 하더래. 이발소 아저씨는 어떻게 사는 게 양심껏 사는 건지 참 힘들다며 똑같이 이발비를 올렸대.

언젠가 크리스마스 전에 유명 프랜차이즈 치킨 사업자들이 담합해서 통닭값을 올려 시끌벅적했었잖아. 이젠 서민이 먹던 통닭이 아니라고 리포터가 말했었어. 동네 통닭집들은 적게 받고 오래 장사하고 싶다 했던가. 암튼 소비자는 울며 겨자 먹기였지. 말로만 가격제 자율화야.

근데 이 양반 콩대를 들고 왔더라. 풋콩이 달린 채로 딱 세 대였어. 세 뿌리. 우리 밭에도 콩을 심었는데 말이지. 누가 길에 흘린 걸 주워왔냐니까, 아니 뭐 그게 뭐라고 가자미눈으로 흘겨보는 거야. 아저씨가 이발비를 다 받는 게 미안하다고, 텃밭에서 키운 풋콩을 꺾어다놓고 손님에게 주신대. 요즘 어디서 그런 정을 또 느낄 수 있을까 싶더라. 시골 사람이라고 다 없이 사는 건 아니지만 사실 이발비는 적은 금액이 아니잖아. 남자들 짧은 머리는 달포만 지나면 지저분해져서 얼굴은 추레해 보이고 말이야. 이발소 아저씨가 그린 인생 2막엔 그런 면도 염두에 둔 건 아닐까.

이발 솜씨도 좋아. 우리 남편 뒤통수 납작한 거 알지? 봉긋 살아났어. 어머, 저 양반 웬일이라니, 콩을 까려나봐. 낼 아침밥에 콩 둬야겠다.

아는 형님은 전화를 뚝 끊었다.

글 굽기

고향 마을에 질그릇 굽는 가마가 있었다. 동창생 아버지가 옹기장이였다. 진흙으로 어떻게 그릇을 만드는지 구경하고 싶었지만 만들어놓은 질그릇을 깨뜨릴까봐 어른들은 그곳에 얼씬을 못하게 했다. 여름방학이었나, 친구들과 놀다 물 마시러 우물가로 갔다가 우연히 옹기 빚는 곳으로 들어갔다. 흙벽돌로 지은 움막집은 중간중간에 벽돌을 한두 장씩 떼어낸 구멍으로 바람과 햇빛이 스며들었다.

아저씨는 치대놓은 찰흙을 떡가래처럼 만들어놓고 물레 앞으로 다가앉았다. 한 발로 물레를 천천히 돌리면서 찰흙을 이어붙였다. 손만 댄 것 같은데 그릇 형태가 생겼다. 동그스름하고 예쁜 물동이였다. 무엇이 맘에 들지 않았을까. 아저씨는 일껏 만들던 물동이를 우그러뜨려서는 걷어냈다. 표정 하나 변하지 않고 멈췄던 물레를 다시 돌렸다. 어린 눈에도 나는 그때 아저씨의 정신이 손끝에서 흙으로 흘러들어가는 것처럼 보였다. 아저씨는 배둘레선이 고운 물동이를 빚어냈다. 손잡이만 붙이면 완성품이다. 그 작은 손잡이를 붙이는데 어찌나 세심한 공을 들이던지, 아저씨 표정은 근엄했다. 손끝으로 옹기의 서사를 담아낸다고 해야 할까. 며칠간 응달에서 잘 말려야 된다는 아저씨를 따라가보니 물동이들이 꽃송이처럼 피어 있었다.

가마 굽는 날 점말 하늘은 불덩이를 안고 있었다. 칠흑 같은 그믐밤도 활활 타오르는 가마불로 온 동네가 훤했다. 자다가 깨 보면 뒷문 창호지가 빨간 홍시 빛이었다. 밤이 이슥할 무렵 지핀 가마불은 밤새 타고서 동틀 무렵 사그라졌다. 옹기장이의 마음도 함께 오롯이 하룻밤을 꼬박 새워 굽는다. 남은 열기로 뜸을 들인 후 질그릇은 세상 밖으로 나왔다.

파치로 빼놓은 질그릇은 마을 사람들이 가져다 썼다. 어느 날 아버지도 자배기를 들고 오셨다. 생긴 건 영락없는 떡시루인데 밑에 구멍이 없다. 일그러진 데도 없었는데 실금이 생겨서 상품으로 내놓지 못한 거였다. 아버지는 황토를 물에 개어 자배기 안쪽에 짓이겨 발랐다. 황토가 실금을 메꾸고 옹기도 단단해지게 한다고 하셨다. 자배기는 장작불을 담아도 트지 않고 잿불도 느루 가는 질화로가 되었다. 아무리 매서운 추위에도 뭉근한 질화로만 끌어안고 있으면 온몸이 훗훗했다. 한낱 한 줌의 흙으로 아저씨는 어떻게 시루와 물동이 같은 그릇들을 만들어낼까.

글쓰기가 안 될 때면 옹기 아저씨를 떠올린다. 흙 반죽을 할 때 양동이로 물을 계량해서 넣었을까. 흙이 끊어지지 않을 정도로 찰지려면 몇 시간이나 치댔을까. 아저씨가 여러 옹기를 빚어내듯 나도 다양한 글을 쓸 수는 없을까.

나의 글쓰기는 서른 후반에 우연히 시작되었다. 유치원생 아이 마중을 나갈 때 새마을 이동도서관 차를 만났다. 생활비를 쪼개어 책 사기는 어렵고 한 권씩 빌려보았다. 읽고 싶은 책이 많았으나 두 아이를 키우며 책 읽기란 쉽지 않았다. 식탁 위에 놓인 책은 퇴근한 남편이 읽었다. 차츰 남편이 좋아하는 대하소설만 빌렸다. 나는 책 심부름만 했는데 엉뚱하게도 책 많이 읽는 여자로 알려졌다. 그러더니 주부백일장에 참여해달라고 통장 아줌마가 찾아왔다. 학창시절 일기밖에 쓴 게 없는데 백일장이라니, 새댁에게 삼 년 묵은 김치맛을 내라는 격이 아닌가.

백일장 분위기가 궁금했다. 장롱 깊숙이 걸어둔 옷을 차려입고 중앙도서관 잔디광장으로 갔다. 사람들의 옷차림은 수수하다. 빼입은 내가 민망스러웠다. 수필 시제를 보곤 한숨부터 나왔다. 책 많이 읽는 사람이란 이미지나 지킬 걸, 글을 읽는 것과 쓰는 일 사이에는 건너야 할 강이 있었다.

장님 문고리 잡은 격으로 입상을 했다. 수필 공부를 해보자는 문학회 선생님 제의에 가슴이 설렜다. 내 안에 글쓰기의 목마름이 있었나보다. 나는 밭고랑에 묻힌 어머니의 이야기를 시작으로 그 안에 머물러 있던 나를 끌어냈다. 지도 선생님 격려를 칭찬으로 알고 엄벙덤벙 써나갔다. 등단만 하면 술술 풀어낼 줄 알았는데 허둥대며 시들시들한 세월을 보냈다. 사랑도 결혼도 멋모를 때 해야 한다는 말이 맞았다. 합평 시간에 쓴소리를 들으면 집어치워야지, 했다가도 멀리할수록 활기를 잃었다. 오히려 자판을 두드릴 때 느껴지는 손끝의 그 떨림이 심장을 흔들었다.

나의 글은 고향 마을 시냇물에서 찰박거리는 수준이다. 음악이나 미술 지식도 짧다. 그러나 거미도 줄을 쳐야 벌레를 잡듯 한 줄씩 써나가다보면 내 글단지도 채워지지 않을까. 평생 가마를 구운 아저씨도 매번 좋은 그릇만 내놓은 건 아니다. 만들다 부수기도 했다. 굽다 보면 금이 가고 이가 빠지고 깨진 옹기가 수두룩이 나왔다. 구워낸 그릇이 다 상품은 아니었다. 불 속에서 다져져야 그릇다운 그릇이 된다.

정통 가마에서 구운 옹기는 백 년이 흘러도 숨을 쉰다고 한다. 그 안에서 발효된 간장 된장은 오랜 세월 고유의 깊은 맛을 품고 있다. 삶의 경험과 추억을 그려낸 내 글이 비록 눈에 잘 띄는 글은 아니어도, 숨 쉬는 옹기처럼 오래도록 진한 맛이 우러나는,

나만의 진정성이 담긴 글을 굽고 싶다.

"글은 소품이든 대작이든 머리가 있고 꼬리가 있는 생명체이기를 요구하는 것"이란 이태준의 「문장강화」 글귀를 되새기며 오늘도 컴퓨터 앞에 앉는다.

남편의 바람을 잡았다

막 저녁 예불이 끝났는지 법당에는 향내가 가득하다. 평소 삼배만 하던 남편이 차가운 마루에 반가부좌를 튼다. 두 눈 감은 옆모습이 외로워보인다.

아침 나절, 바람 쐬고 올 테니 기다리지 말라 할 땐 고드름 부러지는 소리가 났다. 낚시든 여행이든 혼자서는 떠나본 적 없는 사람이 어딜 간다는 건가. 도피든 행보든 솔직히 겁이 났다. 마침 토요일이라 나는 두 아들을 앞세워 남편을 따라왔다.

법당 밖은 온통 단풍 일색이다. 노을빛에 반사된 나뭇잎과 아름드리나무의 그림자가 절묘하게 어우러졌다. 노을 질 나이쯤이면 우리도 저리될까. 사소한 삐걱거림에도 남편은 논리정연했다. 그 순간엔 지루했지만 큰 다툼은 없었다. 신중하여 웬만한 바람에는 흔들리지도 않는 사람인데, 수상쩍었다. 전화기를 들고 나가고 혼자 있을 때 표정과 가족 앞에서 얼굴이 다른 걸 처음 보았다. 서로의 허물까지 잘 아는 사이가 부부 아닌가. 무슨 포장이 필요했을까. 겨우 마음을 다독이고 있는데 회사에 보증 선 게 나왔다. 남편은 진행하는 일만 끝나면 된다고, 알아서 할 테니 기다리라는 말을 숭늉으로 입가심하듯이 말했다. 태연하게 보이려는 그의 애씀보다 나는 당장에 집을 통째로 날리는 건 아닌지 속이 탔다.

법당 쪽을 살피면서 절 마당을 서성였다. 여느 때라면 매번 남편이 나를 기다렸다. 대웅전 문 앞에서 반 배만 올려도 족하다는 사람이 부동자세로 앉아 있다. 한 자락 바람이 처마 끝에 매달린 풍경을 흔들고 지나간다. 나는 바삐 살아온 사람에게 잠시 쉬어주는 시간이길 바라며 남편을 기다렸다.

절 건너 나무들이 칙칙해 보일 즈음 남편이 내려왔다. 저녁으로 뭐가 먹고 싶은지 애들에게 물으며 차에 올라탔다. 차를 막 돌리는데 종무소 쪽에서 한 법사가 뛰어왔다. 멈추라는 손짓이었다. "그냥 가시게요? 여기까지 오셨는데 주지 스님은 뵙고 가셔야지요." 웬만한 사찰의 주지 스님을 뵙기란 쉬운 일이 아니다. 나는 의아해서 "주지 스님을요?" 되물었다. 그는 이왕 오셨으니 큰스님은 뵙고 가라면서 저녁 공양부터 해결하자고 재차 말했다.

절 마당 한쪽에 장작불을 피웠다. 둥근 나무토막 의자에 주지 스님과 법사 두 사람, 우리 가족이 빙 둘러앉았다. 몸은 따뜻해지는데 멀미가 나듯 울렁거렸다. 이 저녁에 어찌 왔느냐고 스님이 물으시면 뭐라 말할까. 아이들만 없다면 남편을 일러바치고 하소연이라도 하고 싶었다. 법사를 통해 스님을 뵙고 가라는 건 중생을 구하려는 부처님의 뜻이 아니겠는가. 지금 처한 일은 잘 풀릴지 여쭙고 싶었다. 하다못해 삼재가 들었으니 이번만 넘기면 된다는 덕담이라도 해주실 테지. 은근히 기대를 걸었다. 백일기도를 올리라고 하면 그럴 생각이었다.

그런데 스님은 중학생과 초등학생인 두 아이에게 좋아하는 가수가 누구냐, 오락게임은 할 줄 아느냐고 묻는다. 스님도 서태지는 안다며 속없이 아이들하고만 재미있게 노신다. 우리에게는 기껏 절밥은 괜찮더냐는 말 한마디뿐이다. 타던 장작이 풀썩 내려앉자 우리 쪽으로 굵은 장작만 밀었다. 장작을 어슷하게 괴어놓는 남편의 미간엔 세로줄이 꼿꼿하게 서 있다. 남편이 생수 한 병을 비웠다. 속은 뜨겁고 등줄기는 서늘한 느낌이 전해진다. "보살님, 바람 좀 통하게 장작불 좀 헤쳐놓으세요. 자, 오늘은 늦었으니 여기서 묵어가세요. 대신 낼 새벽에는 꼭 백운산 정상에 올라가 산 아래를 내려다보고 가서야 합니다." 스님은 법사에게 절 승합차로 안내하라고까지 일러놓고 들어가셨다.

나는 꿈인지 현실인지 헷갈렸다. 우리 영역 밖의 어떤 힘이 작용하는 것만 같았다. 지금 이 존재들과의 인연에는 어떤 의미가 있는 걸까. 사위로 어둠이 스며든다. 장작불 주위에서 맴돌던 생각들이 잔영처럼 떠다닌다. 사리분별을 잘하는 사람도 열심히 만으로는 안 되는 게 삶인가. 회사를 살리는 일이 살아남기 위한 도움닫기였을까. 내가 불안해하는 건 그가 혼자 짊어지고 온 등짐의 무게를 알기 때문이다. 우리 생의 목표는 아이들을 잘 키우는 일인데 한순간에 모든 걸 잃는 게 아닐까, 그 두려움이다.

바람이 재를 몰아간다. 그래, 인간은 아무리 어려운 상황에 처한다 해도 삶의 의미를 찾는다던 본래의 마음을 온전히 보존할 수 있다 하지 않던가. 이보다 더 극한 상황에서도 꿋꿋하게 일어선 사람들이 얼마나 많은가.

아이들을 재우고 계곡 옆 산책길을 걸었다. 얕은 바위에서 또로록 떨어지는 물소리, 하늘에선 연애편지 속 글씨 같은 별들이 쏟아진다. 우람한 나무들 사이로 산산한 바람이 불어온다. 나는 슬그머니 남편의 손을 잡았다. 남편 가슴에서 소용돌이치던 된바람 소리가 잦아들었다.

코끼리의 변

아들네와 막바지 단풍을 보러 나섰다. 계절을 알리려는 듯 나뭇잎은 울긋불긋하게 물들었다. 바람과 햇빛을 받아 가장 아름답게 담아낸 가을빛이다. 계곡 물소리도 예쁘다. 손녀는 제 손닮은 단풍잎을 주워 식구들에게 나눠준다. 가까이서 보니 단풍잎 빛깔이 예년만큼 선명하지 않다. 이상기후로 물드는 시기도 늦어진다더니 어떤 나무에서는 잎이 푸르둥둥한 채 말라가고 있었다.

숲을 한 바퀴 돌아보고 큰 식당으로 들어갔다. 예약해놓은 상차림은 사람 수에 비해 많은 양의 음식이 계속 나왔다. 아들 내외는 그 식당에서 맛있다는 건 골고루 먹어보겠다며 넉넉하게 주문을 하였단다. 부족하면 행여라도 부모인 우리가 덜 먹을까 봐 그런 줄 알지만 나는 이걸 다 먹을 수 있을까, 남기면 고스란히 쓰레기로 버려질 텐데 속으로 걱정이 되었다.

두 손주에게 고기를 먹기 좋게 잘라주었다. 작은 입으로 오물오물 먹는 모습이 여간 귀엽지 않다. 백김치도 아삭아삭 씹어먹는다. 다섯 살 손녀가 "할머니, 많이 먹어야 해. 할머니가 남기면 지구가 아파." 연년생인 제 동생 건호에게도 같은 말로 가르친다. "지구는 어떻게 아플까?" 물어보았다. 손녀는 제 이마를 짚는다. "태은이가 열났잖아. 지구 몸이 뜨겁지. 빨간약 먹어야 해." 아이는 자기가 몹시 아팠던 기억만큼 지구의 아픔에 슬퍼하는 표정을 짓는다. 평소 지구가 몸살 앓는다는 말을 얼마나 자주 들었나. 그런데 어린 손녀 말이 더 가슴에 와닿는다.

얼마 전 우연히 지구를 살리자는 방송을 보았다. 첫날 찾아간 곳은 코끼리가 많은 나라 스리랑카 섬이었다. 스리랑카에서 가장 아름다운 섬이며 야생동물의 천국으로 유명한 곳이 쓰레기로 이어져 끝이 안 보인다. 코끼리들은 쓰레기더미를 헤집어가며 이것저것 찾아먹는다. 많이 먹는 만큼 배변량도 어마어마하다. 세숫대야만 하게 무더기로 똥을 싸놓았다. 출연 배우가 마른 똥을 헤쳐보다 비명을 질렀다. 막대기로 들어 올린 똥은 온통 뒤엉킨 비닐 덩어리였다. 찌그러진 플라스틱 용기까지 수두룩하게 섞여 있었다. 엉덩이에 비닐이 매달린 채 서 있는 코끼리도 있다. 먹어서는 안 될 쓰레기박에 없는데도 그곳을 떠나지 못한다. 엉킨 비닐을 변으로도 배출하지 못해 그 큰 덩치가 쓰러지는 장면을 보고 나는 티브이 채널을 돌렸다.

한동안 광활한 쓰레기더미에 서 있던 코끼리 모습이 지워지지 않았다. 코끼리는 얼마나 오래, 그렇게 참고 살아왔을까. 인간들이 쌓아놓은 거대한 장벽에 우리는 이렇게 힘들다고, 반쯤 감긴 듯한 그 선한 눈으로 호소하는 것 같다. 머리 위를 맴도는 까마귀와 독수리 떼들도 혹시 먹을 걸 찾느라 배회하는 건가. 허공을 바라보던 배우 차인표의 표정은 가히 절망적이다. 인간이 행한 행동이 여러 생물에게 악영향을 끼치고 바로 눈앞에서 지구가 멸망하는 모습을 보았다.

베란다에 모아놓은 비닐봉지로 온 신경이 쏠렸다. 비닐봉지 사용을 줄이기 위해 장바구니는 들고 다니지만, 일상생활에서 비닐봉지 사용은 너무 익숙해져 있다. 장바구니 속 물건도 비닐로 포장돼 있고 하루라도 사용 안 하는 날이 없을 정도이다. 재활용할 수 있게 깨끗이 씻어서 분리만 잘하면 될 일인데 너무 안일하게 버린 건 아닌가.

지난 여름, 이삼 일간 비가 몹시 쏟아진 날이었다. 하필 그때 쓰레기 이동선로가 막혔다고 쓰레기를 직접 지하에 버려달라는 안내방송이 나왔다. 우리 아파트는 초고층이라 각자 사는 층에서 쓰레기를 버린다. 막힘의 원인은 배달음식 용기를 누군가가 음식물 쓰레기 투입구에 넣은 거였다. 한 사람의 단 한 번 실수로 이동선로를 수리하는 데 이틀이나 걸렸다. 평소 분리수거물을 갖고 내려갔을 땐 정갈한 면만 보았는데 그날은 쓰레기가 어마어마했다. 겨우 한 건물에 한정된 일도 이러한데…. 어느 날 몸살을 앓고 앓던 지구도 숨이 막혀서 더는 자전을 못하겠다 하면 어떡할까.

손녀의 말 한마디에 우리는 상 위에 접시들을 깨끗이 비웠다. "할머니, 지구가 안 아프대?" "맞아. 우리가 음식을 남기지 않았잖아. 깨끗이 먹어서 지구가 기뻐할 거야. 태은이가 알려줘서 정말 고마워." 예쁘고 귀한 보물들은 마당으로 내려가 콩콩 뛴다. 저 어린아이들이 걱정하지 않는 지구를 만들어줘야 할 텐데. 나도 코를 쭉 내밀고 아이들이 던져주는 바나나를 넙죽 받아먹던 코끼리만 기억하고 싶다. 식당 정원의 단풍나무도 꼭 그리 해달라는 듯 가지를 끄덕인다.

제4부

김소이양

김소이양

작은애 약국 앞에 놓인 화분들이 화려한 리본 띠를 둘렀다. 제 각각 이름을 내걸고 마치 홍보사절단처럼 바람 따라 춤을 춘다. 예전 개업집 축하 화분에는 '축 개업' '축 발전' '번영' 등 뜻이 함 축된 단어였는데 언제부터인가 '부자되세요' '대박나세요'라고 꼭 집어 마음을 나타냈다. 약국 앞에 놓인 화분 글귀는 유머러 스까지 하다. '약은 어디서? 바로 여기 ○○약국!' '아프면 ○○ 약국! 유 약사가 최고지!' 지나가던 사람들도 글을 읽으며 빙긋 이 웃었다.

남편은 바람에 날려 행운목에 후 감긴 리본을 펼친다. 리본 글 씨가 잘 보이도록 가지런하게 내려놓더니 이름이 적힌 면을 비 스듬히 들어올렸다.

"김소이 양이네. 혹시 작은애 여자 친구인가? 당신 알고 있었소?”

“아뇨, 우리 아들들이 뭐 자분자분 말하는 애들인가요?”

‘혹시 여기 와 있는 아가씨 중 한 명이 아닐까?’ 똑같은 생각을 했던지 남편과 내 눈이 마주쳤다. 우리는 약국으로 들어갔다. 안이 비좁아 서 있기도 불편했지만 남편은 정수기에서 물을 받아 마시고, 나는 약국 내부를 둘러보며 아가씨들을 훔쳐보았다. 청바지, 원피스, 긴 생머리, 아담한 키. 그중 누구일까.

청바지는 인상이 맑다. 단정한 단발 커트 머리와 동그스름한 얼굴에 귀염성이 붙었다. 시원한 이마가 눈에 들어왔다. 고향은 어디일까. 아주 멀지 않으면 좋겠다.

꽃무늬 원피스 아가씨는 늘씬하고 여성스러우나 너무 말랐다. 하지만 어깨가 반듯한 게 약골은 아닌 것 같다. 자기 몸매 관리를 잘한 건가. 오뚝한 코가 예쁜데 한편 고집이 있고 도도해 보인다. 마른 체격에 비해 얼굴은 뾰족하지 않고 통통한 게 부드럽다. 하관이 좋으면 돈복이 있다는데 은근 마음이 쏠렸다. 형제가 어떻게 될까? 설마 외동딸인가. 외동딸 결혼시켜 사위를 본 장모는 딸 키울 때 느껴보지 못했던 아들의 듬직함에 푹 빠져버린다던데. 아들을 통째로 뺏기는 거 아닌가.

그런 생각을 하다 긴 생머리와 눈이 마주쳤다. 쌍꺼풀 없이 눈꼬리가 위로 살짝 올라갔다. 무엇을 해도 야물딱스럽게 할 것 같은 인상이다. 살림에 욕심이 많아 너무 자기들만 생각하고 부모는 아예 나 몰라라 하면 안 되는데. 아니야. 헤프게 퍼주는 것보다 제 앞가림 잘하고 사는 게 낫겠지? 내 아들도 무른 편은 아니라서 둘이 붙으면 티격태격하려나. 아니면 오히려 손발이 척척 맞을까. 재바르게 일을 잘할 것 같다. 이왕이면 궁합도 잘 맞으면 금상첨화지 않겠어. 무슨 띠일까?

마시던 물컵을 들고나오려는데 아담한 키의 아가씨가 우리 앞으로 커피잔을 들고 왔다. 키가 조금 작아 살짝 아쉽다 했는데 어른 공경할 줄 아는 사람이네. 점수를 후하게 주었다. 컵을 받친 손가락이 짧다. 예로부터 손가락이 길면 게으르다 했다. 뭉툭한 손을 보니 바지런할 것이다. 하얀 피부는 아니나 눈매가 서글서글하다. 왠지 외동딸은 아닌 것 같다. 1남 2녀의 둘째 딸이라면 좋겠다. 부모님은 어떤 사람들일까.

얼마 전, 어느 모임의 한 회원이 좋은 혼처가 있다면서 소개팅을 주선하자고 했다. 결혼만 한다면 5층 건물에 맨 위층은 살림집을 하고, 2,3,4 세 개 층에는 병원을 임대하여 1층에 약국을 차려주겠단다. 나는 마음이 혹하여 아들에게 만나나보라고 권했다. 생활비를 도와줘야 하는 집보다 이왕이면 재력 있는 집이 낫다면서 부추겼다. 한두 살 많으면 어떠냐고, 연상연하 커플이 대세라면서…. 내 뜻은 단칼에 잘렸다. 바른 인성에 재력까지 있다면 더 좋다는 뜻인데, 엄마가 그렇게 속물근성이 있는 사람인 줄 몰랐다며 작은아들은 경멸의 눈빛을 보였다. 속물로 찍혔으나 첫 번째가 인성이고 이왕이면 다홍치마이길 바라는 건 나만 그럴까.

마시던 커피를 들고 문밖으로 나왔다. 남편에게 어느 아가씨가 눈에 띄더냐고 물었보았다. 모두 다 예쁘고 고운데 그래도 역시 긴 생머리가 먼저 보였단다. "아니, 누가 자기 젊었을 적 취향을 물었나." 남편은 내 말을 귓등으로도 안 듣고 갑자기 작은애를 불렀다. 눈짓으로 행운목을 가리키며 네 여자 친구가 김소이 양이냐고 물었다. 아들은 자다가 봉창 두드린다는 표정을 지었다. 왔으면 인사 좀 시켜주라고, 이럴 때 얼김에 소개하는 것도 좋다고 평소 남편답지 않게 재촉했다. 나는 어떤 옷을 입었는지만 알려달라 보챘다. 서른 살이 넘도록 한번도 아들의 여자 친구를 본 적이 없다. 큰아들도 결혼하겠다고 처음으로 데리고 온 아가씨가 지금의 며늘아기이니 우리 부부에게는 경이로운 일이다.

작은애는 난감한 표정을 짓더니 할 수 없다는 듯 약국 안쪽을 향해 소리쳤다.

"야, 거기 김소이 양! 이리 나와봐. 부모님께서 궁금하시단다. 인사드려."

갑자기 말소리가 끊겼다. 풉풉 웃음소리가 났다. 여자 친구가 수줍다 했는지 청년들이 앞장서서 주르르 나왔다.

"저, 아버님 어머님. 김현수, 소현우, 이영찬, 양성필입니다."

우리는 2초 후에 웃었다. 행운목 리본이 바람에 펄쩍 점프를
한다.

상像을 버리다

"이걸 왜 갖고 왔어요?"

시어머니의 삼우제를 지내고 나서였다. 어머니 짐 정리를 하러간 남편이 커다란 제기 상자를 안고 들어왔다. 곧 다가올 명절과 어머니 첫 기일에 성묘를 가려면 우리 집에 놔두는 게 제일 적합하겠다고 아주버님이 실어주었단다. 나는 8형제 중 여섯째 며느리다. 연로하신 형님들과 명분 있는 직업을 가진 동서들에게 밀려 억지로 떠맡겨진 기분이었다.

시댁에는 한 해 제사가 열한 번이었다. 연거푸 지내는 날도 있고 식구 중 양력 생일과도 겹쳤다. 내가 큰애를 낳고 퇴원하는 날도 시조부님 기일이었다. 기름 냄새 풍기고 외지에서 오시는 손님 때문에 나는 병원에서 하루를 더 묵었다. 나도 제사가 낯설지 않다. 친정집도 종가였다. 아마 태중에서부터 산적 굽는 냄새와 탕국에서 고기 맛을 알았고 향내를 맡았을 것이다. 양지바른 봉당에 멍석을 깔고 볏짚에 기와 가루를 묻혀 놋 제기 닦는 모습을 어려서부터 봐왔다. 푸르죽죽하던 놋그릇에서 달빛이 흘러내릴 만큼 정성껏 닦았다. 제사 음식을 만들고 제기 닦는 일은 남남 사이에서 한 집안사람이 되어가는 결속의 길이었다.

편리를 추구하는 문명 앞에 놋 제기는 세월 속으로 사라졌다. 시댁에선 목기를 썼다. 광택도 나고 보기엔 좋았지만 무겁고 다루기가 조심스러웠다. 시어머니는 며느리들의 부담을 덜어주려 했는지 스테인리스 제기도 곁들였다. 목화 솜이불을 차렵이불로 바꾼 듯 가볍고 보관도 쉬웠다. 큰 제사가 아닐 때는 편하게 스테인리스 제기를 썼다.

아버님이 돌아가신 후 시어머니가 지내던 제사를 넷째형님 댁으로 옮겨갔다. 형님은 발그레하거 옻칠이 잘 된 목기를 새로 샀다. 교자상 두 개에도 더는 올릴 수 없을 만큼 제사 음식을 풍성하게 차렸다. 그러던 중 늦둥이 아들이 운동을 하면서 전지훈련에 따라 해외로 자주 나갔다. 제사를 모실 수가 없었으나 지차(之次) 중 누구도 선뜻 맡겠다고 나서지 않았다. 제사를 함부로 옮기는 게 아니라는 이유였다. 우리는 본래대로 시어머니 댁에서 지내기로 했다. 그때 딸려 보냈던 제기가 우리 집에 온 것이다.

제기에 불똥이 튀었다. 이 년쯤 지난 어느 날 갑자기 내 몸에 문제가 생겼다. 저 제기를 설마 내 제사에 써먹는 건가. 머리칼이 쭈뼛 섰다. 제기가 독버섯처럼 눈에 거슬렸다. 우연히 일어나는 일도 다 어떤 연이 닿아서 나타난다 하지 않던가. 마치 발병 원인이 제기에서 온 것 같아 보기 싫었다. 병명이 삶보다 죽음 쪽으로 더 무게가 실려서인지 극도로 예민해졌다. 제기를 갖고 오지 않았다면 내게 이런 일이 일어나지 않았을 것만 같았다. 사실 그간 제기는 한 번도 사용하지 않았다.

시어머니의 유해를 모시면서 조상의 묘를 정리했다. 부모님 기일에는 산소에 직접 가는 데 뜻을 모았다. 성묘 음식도 격식에서 벗어나 생전에 좋아하셨던 것 몇 가지만 준비하고 진설할 땐 일회용 접시를 사용했다. 서울에서 선산이 있는 논산까지 무거운 목기를 가져갈 일이 아니었다. 그런데도 나는 제기를 어쩌지 못하고 끌어안고 있었다. 조상의 혼과 연결된 물건이라 함부로 버리지 못했다. 혹여 집안에 우환이 생길까봐 지레 겁을 냈다. 자식을 키우고 있어 더욱 그랬다.

통풍이 안 되는 겨울철 베란다 유리창엔 습기가 가득 찬다. 제기 상자에도 습기가 차는지 수시로 열어보았다. 장마철엔 더더욱이나 곰팡이가 슬지 않도록 바람을 쐬어주면서 보관하는 애물단지가 되었다.

한해가 또 저물어갈 무렵 형님들께 전화를 걸어 여쭸다.

“제기를 어떻게 하면 좋을까요?”

“아직도 동서가 갖고 있었구나. 스텐은 고철로나 쳐주지. 목 긴 암짝에도 못써.”

누굴 탓하랴. 제기는 처음부터 나무로 만든 단순한 그릇일 뿐인데, 관념과 전통풍습에 얽매여 相像을 만든 건 바로 나였다.

뷰 좋은 집

지난 봄 이사를 했다. 큰아들이 결혼하고 두 식구가 더 생겼다. 손주가 맘껏 뛰어놀고 우리도 더 늙기 전에 환경을 바꿔보자며 큰아들이 서둘렀다. 집을 보러 다니다보니 중개사마다 되풀이하는 말은 '뷰가 좋다'였다. 평안해야 할 주거를 설명하면서 마치 눈에 보이는 경관이 전부인 양 높은 층을 소개했다. 집값에 정점은 '뷰'에 달려 있었다.

그런 말에 이끌려 높은 집으로 왔다. 듣던 대로 새 집은 시야가 탁 트여 시원하다. 맑은 날엔 이웃 도시까지 보인다. 전망이 끝내준다는 게 이 맛인가. 동남향 통유리로 원미산과 성주산이 다 보인다. 진달래로 물들이고 아카시아꽃이 피고, 아름다운 사계를 본다. 야경을 볼 때는 여행지에 온 것 같다. 발아래 오밀조밀 붙어 있는 수많은 집이 보인다. 저 불빛 속에 내가 거쳐온 집들도 끼어 있다. 젊은날의 열정을 쏟아부었고, 아이들의 웃음이 피었던 곳, 유독 마음 한구석이 찌릿하게 아린 집이 있다.

그 집으로 이사갈 때도 봄이었다. 새 봄에 새 집이라면 희망의 기운이 감돌게 마련인데, 그해 봄은 화사하지도 향긋하지도 않았다. 식구들의 웃음과 허망한 한숨이 밴 짐들을 싣고 신도시를 넘었다. 작은애의 통학을 핑계 삼아 산자락 아랫마을로 들어왔다. 외환금융위기를 맞은 가장이 처음으로 실직자가 되었다. 새로 시작한 일은 순조롭지 않았다. 도랑을 막는다고 고래가 잡히는 건 아니었다. 나는 살림을 덜어내고 단단히 여몄다. 잠시 머물다가리라는 명목을 세우고 일정 기간이란 선을 그었다. 헤어질 것을 작정한 만남처럼 어느 것에도 정을 주지 않았다. 그 동네에 무엇이 있는지 궁금해하지 않았다. 저녁 햇살이 툇마루 끝에 잠시 머물다가듯, 내 삶에서 잠깐 스쳐가는 꼬투리쯤으로 여겼다. 스스로 편견의 덫을 놓고 갇힌 듯 살았다.

예상했던 것과 달리 그 집에서 오래 머물렀다. 청소년이던 두 아들이 청년이 되었다. 아이들은 달라진 환경에서 옹골차게 성장했다. 큰애가 안정된 직업을 갖고 작은애는 원하는 공부를 다시 하고 그 사이 남편도 호흡을 가다듬었다. 겨울은 봄을 달고 온다 하지 않던가. 아이들이 단단해지는 것을 지켜보며 내 안의 움츠러 있던 시간이 기지개를 켰다. 어깨를 펴고 보니 마음의 시야가 트여 있었다. 애써 외면했던 주변이 자연스럽게 눈에 들어왔다. 희끗희끗하게 새치가 돋아난 우리의 중년 세월이 속절없이 흐른 것만은 아니었다.

떠나오기 전날 짐 정리를 하고 안방에 누웠다. 작은 창문으로 봄밤의 숲속 바람이 들어왔다. 활짝 꽃피었던 목련과 감나무도 창으로 들여다본다. 막상 떠난다고 하니 사는 동안 느끼지 못했던 여러 감정에 뭉클하다. 알뜰하게 기억해내려 하지 않아도 많은 사연이 순서 없이 쏟아져 나왔다.

마음에 상심이 들어오면 산책을 나갔다. 약수터 가는 길에 넌출넌출 흘러내린 칡넝쿨, 보랏빛 꽃들. 복숭아농원이 있던 작은 원두막은 어린 시절을 수시로 불러주었다. 밤과 아카시아 꽃향기가 집안까지 스며들고, 송홧가루 뒤집어쓴 승용차를 보면서 고향집 장독대를 떠올리곤 했다. 빗소리의 음률이 제각각 들릴 만큼 고즈넉하다. 청아한 꿩 울음 소리를 어디서 또 들어볼까. 소박하고 융성한 기운이 가득 차 있던 그 속의 내가 있었고 자연의 소리가 나의 맥박이었다.

고향의 품을 느끼며 살아놓고서 나는 사는 내내 남의 집 말하듯이 그 집이라 했다. 맑은 날 중 한때 흐리고 비 내리는 날 있듯이, 내 삶에서 지나가는 소나기를 피했던 곳이다. 전에 살던 집보다 옹색했지만 서로를 챙기는 마음이 두터워졌고 모두 무탈

했으며 원하는 대로 뜻을 이뤘다. 내 안쪽을 깊이 들여다보게 했던 내면의 발코니가 있던, 그야말로 뷰가 좋은 집이었는데 내가 너무 푸대접했다. 그렇게 저를 무시했던 주인을 보내면서 무엇이 서운하다고 얼기설기 엎어놓은 기억들을 온전히 쏟아내주었을까.

각기 다른 집들이 문양을 만들고 조화를 이루고 있다. 초등학교 운동장, 작은 공원, 교회, 성당, 소방서, 수많은 음식점…. 창으로 보이는 풍경은 그대로인데 마음 풍경이 수시로 변한다. 언젠가 우연히 본 〈카모메 식당〉이라는 영화가 떠오른다. 먼 북유럽의 작은 식당에서, 주인공은 하루하루 밥을 짓고 조용히 사람을 맞이한다. 화려한 사건은 없지만 그 고요한 삶의 온기가 낯설지 않았다는 기억이 어렴풋하게 남아 있다. 산자락 아래 그 집에서의 내 삶도, 어쩌면 온기를 채우는 시간이었는지 모른다. 겉으론 잠시 머문 곳이라 여겼지만, 그 안에서 나는 서서히 회복되고 있었다.

야경이 아름답다. 유난히 반짝이고 따스한 불빛을 바라본다. 내 과거의 불빛을 향해 들어가본다. 힘겨웠던 시간을 견뎌온 내가 보인다. 새로운 풍경을 높이가 아니라 깊이로 들여다본다. 그 집을 떠올리며 가슴이 뭉클한 건, 삶을 되새김질하면서 내면을 채워준 공간이기 때문이리라. 이제는 마주한 이 평온함을 애써 붙잡을 게 아니라 흐르는 대로 바라볼 참이다.

오늘 아침엔 산봉우리 위로 솟아오르는 일출을 보았다.

절구질하는 여인들

박수근의 그림 〈절구질하는 여인〉 앞에 섰다. 비녀 꽂은 쪽진 머리, 무명 적삼과 광목 치마, 검정 코고무신에 아이 업은 모습은 영락없는 친정엄마다. 대여섯 살이었나. 내가 칭얼댔는지 엄마가 나를 업고 절구질을 하였다. 절굿공이를 내리칠 때마다 내 몸이 흘러내려 엄마의 엉치뼈에 간신히 걸쳤던 기억이 아슴아슴하다.

예전 여자들의 절구질은 일상이었다. 방앗간에 맡기기엔 적은 양의 곡식을 절구에 빻았다. 떡방앗간은 읍내에만 있었기 때문에 생일 수수팥떡을 찧고 도토리를 부쉈다. 마지막 남은 희아리 고추를 빻을 때면 재채기하느라 눈물콧물을 다 뺐다.

어느 해, 엄마가 떡살을 건질 때 서울 작은엄마가 오셨다. 시집 보낸 누이처럼 아버지가 애잔하게 여겼던 작은엄마는 스물

셋에 혼자되었다. 건장했던 작은아버지가 갑자기 원인 모를 병을 앓다 황망하게 떠났다. 아들이 겨우 세 살이었다. 어른들은 언제든지 좋은 짝을 찾아 떠나도 괜찮다고 했지만 작은엄마는 왜 살아야 하는지 잘 알기 때문에 그 어떤 상황도 견뎌내야 한다고 했다. 수없이 흔들려도 제자리로 돌아오는 나침판처럼 방향을 잃지 않았다. 웃어른들의 말씀도 두 번 다시 나오지 않았다.

절구에 곱게 빻은 쌀가루를 엄마는 체에 쳐 내렸다. 너른 나무 함지박에 하얀 산봉우리가 생겼다. 엄마는 작은엄마를 보며 말씀하셨다. "자네가 이룬 태산 같을세." 가루로 산을 이룬다는 게 얼마나 어려운 일인가. 바람에도 날릴 조각들을 모아서 다져낸 세월은 고요하지만 단단했다. 여자 혼자서 서울에 집 한 채를 장만하기까지 작은엄마 가슴엔 수많은 옹이가 박혔을 것이다. 작은집 오빠가 중학생이었을 땐 잠시 우리 집에 떼어놓기도 했다. 밥 한 그릇 비우면 윗목에 앉아 묻는 말에나 겨우 대답하던 소년이 대기업에 취직했을 때 엄마도 눈물을 흘렸다. 작은엄마 무릎에서 옹이 하나가 쑥 빠져나갔을 것이다.

붉은 통팥을 삶아놓고 큰엄마도 절구 앞으로 오셨다. 절구 가장자리의 쌀가루를 재바르게 가운데로 밀어넣는다. 동서 간의 절구질은 손을 맞추고, 숨을 고르고, 눈빛을 나누며 정을 쌓아가는 일이다. 절굿공이의 리듬 사이에 서로를 향한 이해와 안쓰러움 같은 것이 있었다. 바리바리 싸줘도 결코 채워주지 못하는 그 한 자리를 메워주고 싶은 심정이 브인다. 큰엄마는 해마다 추수 가 끝난 시월이면 정성스럽게 고사떡을 쪄낸다. 한해의 감사와 다음해에 풍년 기원은 물론이고 맏동서로서 온 가족을 위한 발 원의 의식이다.

우리 집 뒤로 큰 밭들이 나란히 있다. 그중 너른 밭은 큰 집 몫 이고 그 아래가 우리 밭이다. 더 안쪽에 있는 작은 집 밭은 큰댁 에서 농사를 짓는다. 어느 해는 콩이 잘되고 어느 해는 참깨도 풍작이었다. 태풍이 비껴간 올해엔 소출이 좋았다면서 작은엄 마에게 필요할 때 언제든 팔아가라고 하셨다.

마을 집집에 떡을 돌리고 세 동서가 사랑채로 들어갔다. 큰엄 마는 아껴놓은 신신파스를 꺼냈다. 작은엄마는 올 때마다 파스 를 여러 곽 사다 벽장에 올려놓는다. 엄마는 작은엄마에게 어깨 에 파스를 붙이고 누우라고 하였다. 작은엄마가 사양 않고 어깨 를 내밀었다. 절구질은 메주 찧기가 절정이지. 얘기 중에 큰엄 마의 코 고는 소리가 가르랑가르랑 들렸다. 작은엄마도 피곤했 는지 이내 잠이 드셨다. 엄마와 나는 발뒤꿈치를 들고 가만히 밖 으로 나왔다. 대문 밖 화단에선 뒤늦게 핀 보라색 과꽃이 바람 과 놀고 있었다.

어머니들은 도시로 떠난 가족이 온단 기별을 받으면 절구부

터 씻었다. 연로해가면서 작은엄마는 엄마 생신 때마다 검정콩
이 숭숭 박힌 흰무리나 인절미를 해왔다. 섬김과 내리사랑엔 처
음과 끝의 경계가 없다. 곡식 껍질을 벗겨내고 가루를 빻고 형
태를 만드는 과정은 사랑과 응원이었다. 가족을 위한 일이라면
가늠할 수 없는 힘이 솟구치는 게 어머니들의 마음이었다. 그들
이 빚어낸 힘으로 지금 나는 삶의 내적 균형을 탄탄하게 잡을 수
있는 게 아닐까.

　이제 어른들은 모두 없다. 헛간에 들이친 비바람에 절구도 다
삭았다. 세 여인의 숨결을 느끼며 나는 그렇게 한참을 그림 앞
에 서 있었다.

색을 입는 사람

친구에게서 카톡이 왔다. 메시지를 읽고 덮으려는데 프로필에 새로 올라온 사진이 보였다. 옷이 새뜻하다. 사진을 한 장씩 넘겨보았다. 그녀는 주로 밝은 색 옷을 입었다. 평소 열정이 넘쳐 보여선가. 초록 정원에 핀 빨간 사루비아 꽃이 연상되었다.

나는 어떤 색일까. 회색인가. 물론 통념적으로 말하는 '회색분자'를 의미하는 건 아니다. 딱히 두드러진 특색이 없다는 뜻이다. 분명 존재하지만 설명하기 어렵고, 어디에나 있지만 중심이 되진 않는다. 옷을 고를 때도 무난한 디자인과 튀지 않는 색상을 택했다. 한동안 내 옷장에는 무채색 옷이 대부분이었다.

중년의 어느 날 옷가게에 들렀다. 베이지색 카디건과 회색 니트를 골랐다. 지금 사서 입고 나간다 해도 나를 아는 사람들은 새 옷인 줄 모를 만큼 비슷한 스타일이다. 옷가게 주인은 고상하고 얌전한 분위기를 한번 바꿔보잔다. 안쪽에서 바바리를 꺼내왔다. 짙은 팥죽색과 분홍과 남색을 붓 가는 대로 그린 물결무늬 같기도 하고 스카프가 바람에 날리는 형상 같기도 하였다. 카디건 대신 입으라는데 너무 화려해 나는 입어보기도 전에 뒷걸음을 쳤다.

주인은 원단을 설명하며 단추까지 고급스럽다고, 웬만한 주부들은 사이즈가 작아서 못 입는단다. 체형이 예뻐서 맞기만 하면 대폭 할인해주겠다고 했다. 입어보니 예상 외로 잘 어울렸다. 나는 남들은 입고 싶어도 못 입는다는 말에 자신감을 얻었는지 홀린 듯이 사버렸다. 하지만 바로 입지 못하고 한동안 옷장 속에서 재웠다. 전에도 그런 일이 여러 번 있었다.

이러다간 아예 못 입는 것 아닌가. 검정 옷 위에 그 바바리를 걸치고 나갔다. 어색했지만 젊어 보였다. 무엇보다 새 옷 사 입은 티가 확실하게 났다. 버스정류장에서 만난 지인이 무슨 좋은 일이 있느냐고 물었다. 안색이 밝고 방금 물 준 나뭇잎처럼 생기가 돈다고 했다.

나는 왜 주로 무채색만 좋아했을까. 특히 초록, 분홍, 노랑 옷을 입으면 촌스럽다던 인식이 내 안에 있다. 사회 초년생 때 어떤 선배가 내가 입은 옷을 보고 친절하게 알려준 말의 영향이 컸다. 그 말이 얼마나 강했는지 큰아들 결혼 무렵 신랑측 혼주 저고리로 초록색이 유행했지만 나는 입어보지 않고 거절했다. 풍습대로 파랑계열 한복을 입는 게 편했다.

아들이 둘이라서 한번은 치마를, 한번은 저고리를 고르는데 꽤 여러 벌 입어보았다. 얼핏 보면 비슷하지만 채도가 조금만 달라도 이미지가 확연하게 변했다. 한복 디자이너는 마지막으로 옷고름을 진하고 선명한 색으로 강력하게 추천했다. 혼주를 돋보이게 하는 '화룡점정'이라 했다. 몇 년이 지난 지금도 그때의 모습에 흡족하다. 돋보이고 싶은 욕망은 본능이었다.

기업들도 고객의 심리를 색으로 잡는다. 까만 색과 흰 색만 쓰는 샤넬은 번쩍이는 장식 하나 없는데 매료된다. 간결한데 아름답고 우아하다. 시그니처 컬러 하나만으로 세계인을 잡은 에르메스는 하루를 잘 채운 서녘 하늘의 장엄한 노을빛을 브랜드 컬러로 썼다. 햇빛이 연상되어선지 묘하게 강한 생명력이 느껴진다.

하나 둘, 내 옷장에도 밝은 색 옷이 들어왔다. 원색은 아니지만 분홍색 원피스도 있고 니트로 된 진초록 카디건도 생겼다. 큰 며느리에게서 선물받은 긴 원피스가 화려한 문양과 색의 정점을 찍었다. 굵은 대나무처럼 강직한 검정 색 줄기, 잎사귀는 산세베리아 같고 능소화를 닮은 꽃과 연한 분홍빛 방울꽃, 거기에 서너 가지 배합된 꽃이 어우러져 화려하다. 소꿉친구의 아들 결혼식에 그 원피스를 입었다. 소꿉친구는 내가 딴 사람인 줄 알고 바로 못 알아봤다. 대체로 점잖은 무채색 옷 가운데서 나는 단연 돋보였다. 그런 옷도 입느냐고 놀라는 친구들이 많았다. 나의 변신은 인정받고 싶은 욕망을 마주하며 시작되었던 것 같다. 하지만 타인의 시선은 잠시 왔다갈 뿐, 의식하지 않으니까 편한 옷이 되었다.

여전히 내가 편한 건 튀지 않는 색이다. 밝은 사람 곁에선 한 톤 어두운 배경색이 되고, 조용한 사람 옆에선 오히려 살아난다. 색도 사람도 홀로 존재하지 않는다. 바뀌고 스며들고 배어든다. 그게 표정이고 마음이다. 빛의 각도에 따라 봄 하늘빛이 연한 흰 빛에 가깝고 가을 하늘은 짙은 남색이 되듯 회색도 어떤 순간엔 연보랏빛을 발한다. 누군가는 나를 무채색으로 기억할지 모르지만 내가 어떤 색인가보다 주변의 색채들과 조화를 잘 이루느냐가 더 중요하지 않을까 싶다.

외출하려고 옷장 앞에 섰다. 안쪽에 걸어두었던 분홍색 원피스를 꺼내 입었다. 거울을 보니 나름 괜찮다. 축하객으로 썩 어울린다.

오 프로

커피를 한 잔씩 들고 등나무 아래 앉았다. 등꽃이 뾰족이 삐져 오르고 더러는 몽골몽골 피기 시작했다. 몇 송이 꽃으로 경관은 벌써 보랏빛이다. 커피를 마시는 네 사람 모습이 캠퍼스 등나무 아래 벤치에 앉아 있는 여학생들처럼 보인다.

한 사람이 예쁘게 포장한 상자를 하나씩 나눠준다. 손수 만든 작은 디퓨저라며 '선물'이란다. 그녀는 요가를 배우며 만났다. 첫인상이 나뭇잎에서 녹색 물방울이 떨어질 듯 상큼했는데 지금 표정도 그렇다. 나는 그녀를 처음 본 순간 가깝게 지내고 싶어 먼저 인사를 했다. 그녀도 말수가 적어 대화는 길게 이어지지 않았다. 서로 뜸을 들이며 서서히 알게 되었다.

그녀는 그림 그리는 걸 좋아한다. 중학교 때 선생님이 미술에 소질이 있다고 해준 말이 오랜 시간이 흘러도 가슴속에 있었다.

갱년기를 앓으면서 그림을 배웠다. 피아노나 서예보다 흥미를 느꼈다. 우연히 출품한 공모전에서 상도 받았다. 한 번이지만 삶에 작은 의미 하나를 덧붙이는 과정에서 보람을 얻었다고 한다. 길다면 긴 생에서 중학생 시절은 지극히 짧은 한순간에 지나지 않는다. 그때 한 아이의 특기를 알아채준 스승 덕분에 건강하게 중년을 넘겼단다.

선물을 내놓은 그녀 분위기가 어딘지 모르게 여느 때와 다르다. 긴 목에서 목걸이가 반짝인다. 못 보던 목걸이네요. 내 말에 모두의 시선이 목걸이로 쏠린다. 무슨 기념일이었냐고 물었더니 그녀가 풉, 하고 웃는다. 그녀는 주말에 백화점엘 갔다고 한다. 전부터 사고 싶은 목걸이가 있었단다. 살까 말까 망설이다 돌아서는데 판매원이, 오늘까지 오 프로를 더 추가 할인한다면서 오 프로가 어디냐는 말에 솔깃해 그만 사게 되었단다. 물건값에 비하면 할인된 금액은 적은 숫자지만 마치 목걸이를 반값에 얻은 기분이 들었다고 환하게 웃는다.

디퓨저에 그녀의 행복한 마음이 담긴 것 같다. 우리가 기뻐하는 모습을 상상하며 정성을 담았을 것이다. 그녀는 우리의 취향이 비슷한 것 같아서 무난한 향으로 골랐단다. 라벤더와 레몬 에센셜 오일을 배합해 상쾌하고 은은하단다. 계절에 상관없이 사용할 수 있을 거라고 제작자로서 설명도 잊지 않았다. 스티커에

이니셜을 써서 라벨을 붙인, 세상에 하나밖에 없는 디퓨저란다. 화학성분이 들어가지 않은 천연향이라니, 손주 방에 놓아도 좋겠다고 우리는 칭찬으로 답례를 하였다.

대각선에 앉은 사람만 시큰둥하다. 요즘은 천연 디퓨저가 다양하고 파는 곳도 많은데, 굳이 흗들게 만들었냐고 잔즐거리며 말을 한다. 말하는 사이 미간으로 굵은 주름이 쏠렸다. 칭찬보다 비아냥에 가까운 뉘앙스에 일순간 정적이 흘렀다. 어디에 말을 둬야 할지 모르는 세 사람 시선이 흩어졌다. 소질을 발견해준 옛 은사님에 대한 고마움, 그것을 가슴에 묻고 지낸 지난했던 날들의 아련한 기억, 갱년기의 쓸쓸함, 디퓨저의 은은한 향기와 등꽃이 일순간 자욱한 안개처럼 내려앉았다. 목걸이 그녀가 정성들인 시간도 덮였다. 잠시 후 한 사람이 이파리에 가려진 안쪽에도 등꽃이 피었다고 대단한 걸 발견한 듯이 호들갑을 떨어 분위기를 바꿔놓았다. 말에도 명드와 채도가 있었다.

사람 관계에서 채도와 대비를 생각한다. 어떤 사람은 가까워지기 전부터 너무 화려하고 어떤 사람은 희미하다. 내가 본 대각선 여자는 볼수록 수수한 사람이다. 품이 넉넉해 비슷한 연배들 사이에선 맏이 역할을 한다. 리더십도 있고 내면이 단단한 사람인데 이따금 말 한마디에서 의외의 면을 보게 된다.

책에서 본 글이 자막처럼 스쳤다. 내가 주로 장을 보는 마트

와 관련된 글이다. 많은 사람이 이마트라고 말하는 순간 노란 색을 떠올린다고 했다. 실제 나도 마트 건물 외벽이 노란 색인 줄 알았다. 그런데 이 매장에 사용된 노란 색은 겨우 5% 내외라고 한다. 기업이 색을 쓸 때 황금비율이 바탕색 75%, 보조색 25%, 메인컬러는 5%였다. 주된 색의 사용 비율은 낮지만 소비자에게 브랜드를 각인시키는 데는 가장 효과적인 조합이라고 한다.

이마트가 노란 색인 줄 알았던 나처럼 우리는 서로를 얼마나 알고 있을까. 삶이나 사람이나 어쩌면 오 퍼센트의 채도에 담긴 진심으로 기억되는 건 아닌지. 같은 말을 해도 어떤 말은 지나가고, 어떤 말은 남는다. 미술대회 수상 이야기도 디퓨저 선물도 오 프로에 지나지 않았지만 진한 감동을 남겼다. 강을 건널 때 징검다리 같이 소통의 도구인 말, 진심 담긴 말은 짧아도 오래 맴돈다.

글을 쓸 때도 그 5%만 잘 살려내면 소나기 퍼붓던 날 우산을 받쳐줬던 사람처럼 확실한 색채 하나 남기지 않을까. 잘 다듬어진 수사와 기발한 이야기도 중요하지만, 결국 마음을 움직이는 건 몇 줄이다. 그 몇 줄을 각인시키기 위해 나머지 95%를 쓰는 것인지도 모르겠다.

아주버님 제삿날

아파트 화단에 국화꽃 향기가 그윽하다. 꽃비 날리던 벚나무에 잎도 붉게 물들었다. 형님 댁 창에서 나온 불빛이 운치를 더해준다. 은행 아주버님은 어디쯤 오고 계실까. 진설한 제사상 위에 인자하고 근엄한 아주버님 사진이 보인다.

나는 결혼을 하면서 아주버님과 함께 살았다. 아주버님 직장이 시댁 근처에 있어 서울에서 내려와 계셨다. 시부모님과 시누이 시동생, 대가족이었으나 아주버님 때문에 힘든 일은 없었다. 큰 시숙어른과 갓 시집온 제수씨란 어려운 자리였지만 좋다 나쁘다는 선을 긋지는 않았다. 결혼 전에 남편이 형님 댁에서 직장을 다녀 신세졌다는 말을 들었고 어른이니까 잘해드려야 한다는 단순한 생각이었다. 하지만 마음뿐. 내게 아이가 생겼는데 입덧이 너무 심했다. 오히려 아주버님이 나를 배려해 과일을 사오고 저녁 식사는 거의 밖에서 하셨다. 아이가 태어났을 땐 가장 먼저 잔잔한 국화꽃을 한아름 안고 오셨다. 아이가 백일을 지나고 이제 겨우 살림에 익숙해질 만했는데 아주버님은 본가가 있는 서울로 발령을 받았다.

아주버님은 일곱 살 때 생모를 여의었다. 형이 있고 생모는 동생을 낳은 후 산후통을 앓다 돌아가셨다. 새어머니가 오셔서 동생 여섯이 생겼다. 그 많은 자식을 공부시키느라 고생하시는 새어머니와 함께 자란 형제들은 어머니가 다르다는 걸 몰랐을 만큼 우애가 좋았다. 형이 사춘기를 심하게 앓았지만 형을 이해하기에 아주버님은 어린 나이였다. 아주버님도 마음이 허허로울 때 형에게 의지하고 싶었을 테다. 어깨 한번 툭 쳐주고 눈만 마주쳐도 가슴이 따뜻했을 텐데, 형에게 응석 한번 부려보지 못했다. 형은 아이 셋을 남겨놓고 젊은 나이에 세상을 떠났다. 그 바람에 아주버님이 맏이 아닌 맏이가 되었다. 아주버님은 엄격한 아버님의 뜻을 받들고 한 가문을 지키기 위해 동생들을 거느리며 뚜벅뚜벅 살아내셨다.

아주버님 입원 소식을 듣고 문병을 갔더니 혈색이 백열등같이 창백했다. 너무 야윈 모습에 들고 간 전복죽을 놓칠 뻔했다. 습자지 같은 손등에서 주삿바늘이 가까스로 버티고 있었다. 나는 아주버님 손을 처음 잡아보았다. 병명을 알아서 더 그랬을까. 아주버님을 제대로 바라볼 수가 없었다. 심한 감기인 줄로만 알았던 폐암은 급속도로 진전도었다. 병원 문을 나서는데 나지막한 목소리로 나를 부르더니 너무 힘들게 살지 말고 아이들만 잘 키우라고 당부하셨다.

그날 나는 큰오라버니가 있었다면 이런 감정일까 하는 생각을 하였다. 난생처음 부처님께 백팔배를 올렸다. 나고 죽음도 모르고 천당과 극락도 모른다. 죽음의 고통이 얼마나 큰지는 더 모른다. 그저 곧 떠나실 텐데도 가족 걱정만 하시는 저 어른을 위해 할 수 있는 일을 몰라서 그냥 절만 했다. 대쪽 같은 성품이지만 온화하고 인정 많은 어른이다. 지켜내야 할 가문은 여기 있는데 어디로 가시는 건가. 내 아버지를 여읠 때 나는 너무 어려서 몰랐고 처음으로 가족의 사별에 아픔을 겪어야 했다. 무거운 속내라곤 평생 내보이지 않은 아주버님이 부모님보다 앞서간다는 걸 알았다면 얼마나 비통해하실까. 얼마 지나지 않아 아주버님은 성품대로 의연하게 떠나셨다.

음복을 끝내고 건장한 형제들이 모여 앉았다. 교복 바지 주름을 칼같이 세우던 시절부터 연애사까지 형님이 다 알고 있는 시동생들이다. 막내 시동생이 일곱 살이었다니 얼마나 많은 사연을 알고 계실까. 8형제, 동네가 시끌벅적했다. 그룹사운드를 하겠다고 2층 거실이 무너져라, 기타와 드럼을 쳤던 이야기도 나왔다. 자랄 때 이야기를 하다보면 아버님 이야기도 꼭 나온다. 아버님은 아들이 여덟이나 되니 거의 훈장님 격이었다. 설날엔 온 가족이 순서대로 세배를 나누고 꼭 한 말씀씩 하셨다. 그중 하나가 어디에 가서 살든 처음에는 '그이'라고 듣더라도 이어 '그 사람'이 되고 나중에는 '그분'이란 소리를 듣도록 행동하라고 하셨다.

아주버님은 그 아버지를 똑 닮았다. 형제들은 서울에 취직이 되면 형님네 집으로 들어갔다. 한 사람이 결혼해서 나가면 그 아래 동생이 오고 더 어린 동생은 유학을 왔다. 형집을 놔두고 한 뎃잠이 가당키나 하냐는 아주버님 말씀에 스스럼없이 드나들었다. 누구 하나 눈치보는 사람도 없었단다.

그건 곧은 아주버님의 성정과 그를 존중하는 형님의 내조가 있었기에 가능한 일이었다. 형님이 무조건 따르는 순종형은 아니다. 자신의 주장이 뚜렷하고 가족을 품어 안는 아량이 넓은 사람이다. 시동생들이 한창 나이에 먹성도 셌을 텐데, 반찬투정 한번 않고 부대끼며 사느라 애썼다며 오히려 두둔하신다. 옆에서 듣다보면 형수가 아니라 추억을 공유한 큰누이 같다. 아주버님이 당신의 제삿날이라고 왔다면 싱긋이 웃으셨을 테다.

영정 사진 속 아주버님이 떠나가는 아우들을 흐뭇하게 바라보신다. 아파트 모퉁이를 돌며 뒤를 돌아보니 형님이 화단 앞에

서 계셨다. 달포 전 추석에 왔을 때 만해도 몽울몽울 맺혔던 국
화꽃 몽우리가 활짝 피어 있다.

마음에 건 액자 하나

벽이 깨끗하다. 그동안 거실 정면엔 커다란 서예 액자를, 소파 뒤에는 으레 산수화를 걸었는데 이번 이사를 하곤 아무것도 걸지 않았다. 처음에는 빈 벽이 밍밍하고 휑한 것 같더니 차츰 눈과 마음이 편안해졌다.

몇 달 후, 남편이 베란다에서 묶어둔 액자들을 꺼내왔다. 이사할 때마다 추려내고 남은 것들이다. 명화는 아니지만 다 그 나름의 사연이 있어 버리지 못했다. 남편은 거실 정면에 걸었던 서예 액자를 앞으로 빼냈다. "이때만 해도 잘 나갔었지." 액자를 들고 오던 날 남편은 으쓱했다.

비중 있는 일을 해내고 성취감에 젖곤 했다. 꼼꼼하여 한 가지에 매진하면 끝까지 파고들고 끝마무리가 깔끔하다. 나는 남편의 성실함을 인정하면서도 맞장구를 쳐주지 않았다. 회사에서 월급은 괜히 주겠냐고, 나도 아이들 잘 키우면서 내조를 잘했다고 한술 더 얹었다.

남편이 액자 속에 새겨진 한자를 읽는다. 직장에서 모셨던 상사가 퇴직하며 주신 선물이었다. 남편은 그 어른과 해외 출장을 많이 다녔다. 출장을 다녀올 때마다 그의 풍부한 지식과 기발하고 특출한 지혜에 놀랄 때가 많다고 했다. 타인 말에 귀를 기울이고 모난 것을 융화로 풀어서 좋은 성과를 얻어왔다. 나도 연말 회사 모임에서 그 어른을 뵈었다. 과묵하고 소탈해 보이지만 예리하고 철두철미하다는 말의 의미를 알 것 같았다.

처음 액자를 걸어놓고 남편은 "화광동진和光同塵" 또박또박 읽더니 나보고 '먼지처럼 살라'고 한마디를 하고 만다. 밑도 끝도 없는 생뚱함에 내가 쳐다보자 공부 좀 하란 말을 눈으로 보냈다. 자기도 액자 주인에게서 고만큼 들었던 내용을 내게 우려먹는 게 아닌가 싶었지만, 먼지처럼 살라는 말이 예사롭지 않았다. 각자가 품은 삶의 의미는 다를 텐데 내 마음에 쏘옥 들어왔다. 남편이 『도덕경』 좀 읽어보라 했던가.

'자신의 빛을 감추고 티끌 속에 섞여 있다'는 '화광동진'은 노자의 『도덕경』에 나오는 말이다. 지혜와 덕을 밖으로 드러내지 않고, 세상 사람들과 어울려 지내면서 자아를 보여주라니 참 어렵다. 중생을 구하기 위해 모든 악인과 인연을 맺지만, 그에 물들지 않고 안으로 덕광을 나타내는 뜻이다. 얼마나 수양修養을 하면 가능할까. 현실적으로 가능한 일인지, 내겐 말일 뿐이었다.

언젠가 스님 법문에서 노승老僧이 자기의 빛이 나는 것도 수행이 설익어서 들킨 것이라며 반성했다고 들은 기억이 난다. 무인의 무예가 진정으로 무르익게 되면 겉으로 보아서는 평범한 모습으로 돌아온다고 하셨다. 그 대목에서 집에 걸린 액자의 글이 떠올랐다. 세상에는 잘난 티를 내려고 애쓰는 사람들이 얼마나 많은가. 총명한 데 어리석은 사람처럼 보이기는 더더욱 어려운 일이다.

다시 묶어두려는 액자 틈에 다소곳해 보이는 작은 액자가 있다. 어느 사진 전시회에서 작가가 내게 직접 권해준 연꽃 사진이다. 어떤 의미인지 모르지만 내게 어울린다니 분에 넘치는 찬사였다. 집에 와 도록을 보면서 꽃의 자태와 근엄함과 소박함이 풍기는 작품에 지인들을 얹어보았다. 수종이 같아도 색채에 따라 이미지의 결이 다르다. 여백과 각도에 따라 다른 분위기가 우러났다. 우아하고 화려한 연꽃을 보면서 그에 어울릴 미래의 내 모습도 상상해보았다. 유난히 관람객의 시선을 끌었던 작품을 유심히 보았다. 크게 와닿지 않았지만 어떤 면이 채워져야 이 꽃과 어울릴까 궁금하긴 했다.

나는 '화광동진' 액자를 다시 싸두었다. 한 사람은 일생을 바쳤고 또 한 사람은 젊은날의 열정을 고스란히 불사르며 맺은 인연, 서로 드러내지 않고 존중해서 여기까지 왔을 것이다. 부부도 처음엔 서로 빚만 내세우다 융화됐을 것이다. 오십에 이르러서야 그 뜻을 조금 알 것 같았다. 액자의 먼지를 닦으며 마음에 이런 액자 하나는 쭉 걸어놓아도 좋겠구나 싶었다.

제5부

나의 올리버 색스

호둘기

녀석은 밤톨 같았다. 깊은 가을, 덥수룩하게 생긴 아저씨가 녀석을 데리고 왔다. 어찌된 영문인지 그들은 친척집에 오듯이 들어섰다. 아버지와 오래 전부터 알고 지낸 사이처럼 말 변죽도 좋았다. 술 인심이 후한 아버지는 대번에 술상을 놓고 막걸리 사발이 오갔다. 두 사람은 마치 의좋은 형제처럼 보였다.

"행님여, 이눔아를 아들로만 받아주신다면 즐대로 안 찾을깁니더. 홀애비가 키울라카니 아도 꽉하고 고마." 남자는 훌쩍였다. "여그가 인자 니 집인기라." 녀석이 알아들었을 거라며 그는 보따리를 놓고 떠났다. 보따리에는 늘어진 내복과 양말, 낡은 옷가지가 전부였다. 여섯 살짜리가 울고불고 매달리지도 않았다. 그런 아이가 애처로웠을까. 아버지의 늘어진 어깨를 보느니 업둥이로 받아들이는 게 훨씬 나았을까. 어머니는 가타부타 내

색도 없이 아이부터 씻겼다.

어머니는 헌 털실로는 우리 옷을 떠주면서 성호 옷은 새 털실을 사다 짰다. 톡톡한 코르댄 바지와 모자 달린 잠바도 사입혔다. 나는 막내로서 누렸던 호사를 다 빼앗겼다. 만날 쫓아다니는 녀석이 성가시고 미웠다. 땅꾼 아들이 네 동생이냐는 친구들 말이 거슬려 겨울방학은 제대로 나가놀지도 못하고 봄을 맞았다.

열한 살 봄, 나는 책가방을 툇마루에 살그머니 놓고 밖으로 나왔다. 성호 녀석 모르게 빠져나온 건데 녀석은 안골 밭에 있었다. 밭고랑에 철퍼덕 앉아서 흙장난 중이었다. 어머니 옆에서 노는 모습이 제법 눈에 익었다. 어머니는 도라지를 캐 담은 종댕이를 밀어놓고 수렁가 버드나무에서 잔가지를 잘랐다. 연필처럼 미끈하게 생긴 나뭇가지를 살살 비틀어 속 가지를 쏙 빼냈다. 빈 껍질을 손가락만 하게 잘라 호둘기를 만들었다.

밭둑에 앉아 어머니가 호둘기를 불었다. 두 손으로 호둘기를 감싸고 손가락을 접었다 폈다 하니 트로트의 꺾기처럼, 민요가락처럼 구성진 소리가 났다. 녀석도 입안 가득 바람을 넣고 따라 불었으나 헛바람만 나왔다. 유행가를 모르는 어머니와 아직 동요를 모르는 아이는 애달픈 곡조에 마음이 통했을까. 빈 껍질이 내는 소리에 두 사람과 나까지도 가슴 밑자락에서 뭔가 올라온 듯 어우러졌다. 며칠 동안 녀석은 호둘기를 손에 쥐고 잠이

들었다.

"이거 불어줘." 엄마라 부르기에는 늙어보였나. 어쩌면 엄마
란 말을 못해봤을지도 모른다. 녀석은 호칭을 쓰지 않고 어느
새 존댓말도 안 했다. 마치 우리 집 늦둥이마냥 어머니 옆에 착
달라붙어서 호둘기에 빠졌다. 그 어린 것이 사는 법을 아는 걸
까. 그 봄 아이를 핑계삼아 어머니도 원 없이 호둘기를 불었을
것이다.

돌담 옆 황매화가 질 무렵 아저씨가 나타났다. 해질녘 아버지
가 지게를 미처 내리기도 전에 그의 말이 먼저 나왔다. 자식이
뭔지 떼어놓고 못 살겠다고, 굶어 죽어도 제 손으로 키워야겠다
고. 녀석은 이미 예상한 일인 듯 제 옷을 챙겼다. 새 털실로 짜준
스웨터를 집더니 어머니를 바라보았다. 어머니가 스웨터와 남
은 옷들을 싸주었다. 남자는 꾸물대는 아이를 재촉했다. 녀석은
말라비틀어진 호둘기를 죄다 들고 나왔다. 그걸 제 보따리에 넣
었다. 놀러나갈 때면 어떡하든 떼늫으려 했지만, 어느 순간부턴
친구들이 녀석을 놀리면 화가 나 역성을 들었는데…. 빨갛게 넘
어가던 노을 반대편 하늘에 비를 몰고 오려는지 시커먼 구름이
몰려들었다. 그날 밤 앞 논의 개구리는 어머니가 불던 호둘기 가
락만큼이나 구성지게 울었다. 벽을 보고 모로 누우신 아버지 어
깨가 한없이 낮아 보였다.

잠시 머물렀던 녀석은 호둘기를 기억할까. 아들 하나 들이고 싶은 부모님 마음을 흔들어놓고 뱀 허물 벗어던지듯 떠난 염치 없는 남자였지만 올바른 아비였다. 제 자식을 거두려는 아비 마음이 참으로 숭고하다. 아버지도 벌이가 없던 계절에 남자가 궁여지책으로 택한 수단이었던 걸 아셨을 것이다.

산소로 올라가는 도랑에 버들강아지가 북실북실 달렸다. 바닥에 떨어진 버들강아지는 아이 발자국을 닮았다. 부모님 성묫길이라서였을까. 까맣게 잊었던 성호가 불현듯 옆에 서 있는 것만 같다.

성호도 어느덧 지천명을 넘겼을게다. 혹한 추위를 겪은 매화가 더 아름답듯 어디선가 잘 살아가고 있겠거니, 봄이 찬란하다.

＊호둘기 : 버들피리. 호두기의 사투리.
＊종댕이 : 종다래끼의 사투리.

거울 속의 여자

장미꽃 덩굴이 흐드러졌다. 햇살을 받은 꽃이 영롱하다. 레이스가 달린 아이보리색 치마를 입고 카디건을 걸친 나는 꽃 옆에 서서 어깨를 으쓱해본다. 친구들도 감성이 같았는지 옷차림이 비슷하다. 청바지를 입었던 청순미는 없지만 우린 아직 여자다.

몇 살까지 여자인 걸까. 요양원에 어머니를 찾아뵌 어느 날 나는 깜짝 놀랐다. 할머니들이 죄다 중학생처럼 머리를 짧게 잘랐다. 눈을 맞추고 인사를 하려니 왠지 민망했다. "어머나, 우리 엄마 이발하셨네." 나는 목소리를 높여 말했다. 분위기를 띄우려고 한 말인데 이발이란 말을 해놓고 보니 그야말로 할아버지와 다름없었다. 정수리 머리카락이 빠져서 휑 하지만 목선 위로 둥글게 다듬은 머리카락은 차르르하니 여성스러웠었다.

마음이 짠해 어머니를 안으면서 손바닥으로 머리를 쓸어보았다. 까슬까슬한 감촉이 가슴을 찌른다. 머리 감기도 간편하겠고 두상도 이쁘다고 일부러 너스레를 떨면서 거울을 보여드렸다. 거울 속에 여자는 없었다. 핸드폰을 꺼내 사진 한 컷을 찍었다. 올 적마다 어머니 모습을 사진으로 담아놓는다. 쓱 쳐다보는 어머니 표정이 굳었다. 꼴도 보기도 싫으니 없애버리라는 듯 눈매가 슬퍼보였다.

얼른 어머니가 기르던 베고니아와 덴드롱 꽃 사진을 보여드렸다. 감자꽃이 폈고 오이가 열리고 고추가 익어가는 사진은 보고 또 봐도 처음 보는 듯 재미있어하는데 어머니가 핸드폰을 내려놓는다. 머리카락은 금방 자란다고 했지만 찌푸린 미간은 펴지지 않았다. 돌아누우며 아예 눈을 꾹 감아버리셨다.

어머니는 언제부터 여자가 아니었을까. 어머니가 지금의 내 나이보다 조금 적었을 때였다. 추석빔으로 갈색 바탕에 꽃무늬 투피스를 사드렸다. 얌전한 어머니와 잘 어울렸다. 흡족해하실 걸 기대했는데 어머니는 빛깔이 우중충하다면서 밀어놓았다. 웬만해선 불만을 표현하지 않는 어른이다. 싫어도 괜찮은 척하셨는데, 그 옷은 몇 번 입지 않았다. 그때만 해도 오십대 중반이면 노인 대접을 받았다. 나는 노인에겐 아무거나 사드려도 괜찮을 줄 알았다. 어머니는 처음부터 그냥 어머니인 줄로만 알았던 거다.

요양원을 나오는데 어머니가 맘에 걸렸다. 맞은편 침대에 어르신은 어머니보다 훨씬 젊어선지 눈을 마주치지 않으려고 피했다. 서로가 겸연쩍어했다. 누워만 있어도, 구십이 넘어도 여자는 여자이지 않은가. 비록 의사 표현이 서툴지라도 머리만큼은 본인의 뜻을 존중해줘야 하지 않을까. 주차장까지 내려온 나는 다시 발길을 돌려 사무실로 올라가 정중히 부탁했다.

먼저 있던 요양원에서는 복장이 자유로웠다. 우린 어머니가 추레해 보이지 않도록 산뜻한 물색 옷을 사다드렸다. 양말도 색색으로 골라갔다. 레이스가 달린 것도 몇 개 넣었다. 누워 있더라도 새 옷을 입은 날 표정이 한결 밝았다. 옷이 바뀌고 양말이 뒤죽박죽되었어도 여성성을 인정받은 거다.

지금 이곳에선 남녀 모두 환자복으로 통일시켰다. 노인들은 너나없이 활기가 없어 보였다. 천편일률적인 환경 속에서 축 처진 서로를 바라보는 시선에 서로가 못 견뎌 하는 것만 같다. 아무도 그들의 감성을 헤아려주지 않아 모두 지쳐가고 있는 듯했다. 관리의 편리성을 앞세워 여자의 마지막 남은 자존심마저 존중받지 못하는 심정이 어떨까. 갈 때마다 간식은 챙기면서 왜 한 번도 머리핀 꼽아드릴 생각은 못했는지. 바나나를 나누듯 리본 달린 머리띠를 함께 씌워드렸다면 얼마나 즐거워하셨을까. 붉은 매니큐어를 발라드리고 그 모습을 사진으로 보여드렸다면 한결 생기가 돌고 삶의 의욕이 살아나지 않았을까. 나 역시 노인에게 여성성은 이미 없어졌을 거라 여겼다.

장미공원은 빛과 꽃의 절정이었다. 사람들은 이쁜 곳을 찾아 연신 사진을 찍는다. 친구들은 스카프를 고쳐맨다. 옷 색깔의 배합을 맞춘다고 자리를 바꾸고 손하트를 만들며 요란을 떨었다. 우리만 해도 풍부한 먹거리와 문화시설을 누려서인지 나이보다 젊어보인다고 자화자찬을 하였다. 뇌를 자극해야 덜 늙는다고 유익한 정보를 주고받으며 꽃길을 걸었다. 한 어르신이 나이 많은 게 죄도 아닌데 괜히 움츠러든다면서 우리에게 좋은 시절이라고 하였다. 젊은 부부가 힐끗 쳐다보며 웃는다. 초등학생은 이미 우리를 늙은이라고 한 풀 꺾어보는 듯했다. 노인에 대한 일반적인 시선은 별반 달라지지 않았다. 노인들의 모습이 곧 미래의 우리들 모습이라 하면서도 대부분의 사람들은 남의 일로 착각하고 산다.

주름진 얼굴이 보기 싫다면서도 거울을 보며 지워진 립스틱을 고쳐바르는 여자들. 우리는 장미 넝쿨 아래에서 큰 하트를 그리며 아이들처럼 웃었다. 그래, 여자는 죽는 순간까지 여자이고 싶은 존재다. 기우는 태양도 뜨겁다.

나의 올리버 색스

코로나19로 외출이 어려웠던 여름, 나는 책 한 권을 붙들고 한동안 놓지 못했다. 신경전문의 올리버 색스Oliver Sacks가 쓴 『아내를 모자로 착각한 남자』인데 뇌환자를 치료하며 겪은 이야기다. 작가는 시력과 인지력 사이의 단절로 아내를 모자로 착각한 한 남자의 이야기를 시작으로, 자폐스펙트럼을 가진 소년과 특정기억만을 반복 재생하는 환자 이야기를 다뤘다. 자신의 몸이 남의 것처럼 느껴지는 신경장애 환자들까지, 그는 인간의 뇌가 만들어내는 기묘하고도 독특한 세계를 탐구했다. 그리고 '병'이 아니라 '사람'을 보았다.

몇 년 전, 동네 병원에서 나는 폐암 3기 진단을 받았다. 서울 큰 대학병원에 재진을 기다리는 동안 나는 비에 젖은 마지막 잎새처럼 버텼다. 다행히 대학병원 의사는 전혀 암이 아니라고,

오진으로 판정을 내렸다. 나는 다시 태어난 사람이 되어 삶을 대하는 태도도 바뀌었다.

그런데 얼마 지나지 않아서부터 불안이 시도 때도 없이 파고들었다. 몸에서 일어나는 반응을 큰 병으로 연관지었다. 아들이 보내주는 한약은 암세포가 흡수하는 건 아닌가, 약의 영향력까지 거꾸로 해석했다. 오락가락하는 감정을 주체하지 못했다. 소화제도 먹기 싫어하면서 병원을 찾아다녔다. 2분이면 끝나는 진료, 처방약은 이삼 주, 많게는 한 달치 소화제. 쌓인 약봉지를 보면 어처구니가 없었다.

그날도 숨이 막히고 속이 쓰렸다. 내과병원을 보고 무조건 들어갔다. 많은 대기 환자들 틈에서 식은땀을 흘리며 기다렸다. 진료실로 들어가자 의사가 증상을 물었다. 속이 더부룩하고 명치끝이 쓰리고. 내시경 검사는 6개월 전에 했고…. 의사는 별 이상이 없어 보인다며 청진기를 내려놓았다. 소화제나 받아가는 일이 최상의 결과인데 왜 이렇게 허망할까. 의사는 찰나에 내 표정을 읽었는지 처방전을 쓰다 말고 물었다.

"걱정되세요?" 뜻밖의 말에 울컥했다. 이국종 교수처럼 생긴 얼굴에 선한 눈매를 보는 순간 눈물이 왈칵 쏟아졌다. 사실은, 오진 이야기가 술술 나왔다.

"실컷 울어본 적 없지요?" 암 진단을 받고 재검 결과가 나오기까지 실컷 울어본 적이 없었다. 하필이면 암 판정을 받은 그날은 큰아들이 한의원을 개원하기 전날이었다. 나도 이제 한의사 엄마로 살아보려나. 두 아들 모두 원하는 직업을 가졌는데 누려보지도 못하는 건가. 원망도 잠시, 묵묵하게 자신의 길을 걸어온 아들에게 좋은 기운을 불어넣어줘야 했다. 일부러 태연한 척을 했다기보다 소름 끼칠 만큼 놀랍도록 나는 의연했다. 누구에게도 알리지 않을 결심을 했다. 불쑥 설움이 복받쳐오를 때도 있었지만 울음은 끝내 삼켰다.

의사는 내 말을 가로막지 않았다. 암 투병 끝에 세상을 떠난 언니, 내가 그 나이를 넘어섰고 죽음이 너무 가까이 다가온 것 같다는 말을 끝까지 들어주었다. 그는 신경과민이다, 우울증이다, 모든 걸 내려놓아라, 그런 말을 하지 않았다. 의사들도 암이라는 말을 들으면 제일 먼저 죽음을 떠올릴 거라면서 본인도 그럴 거라고 공감해주고 자신의 두려움도 보여주었다. 미리 앞서 걱정하지 말고. 맛있는 것도 내가 먼저 골라 먹고, 열심히 살아온 나를 칭찬해주라고 말해주었다.

올리버 색스가 환자에게 주목한 것이 증상이 아니라, 그 증상을 가진 '삶'이었다는 대목을 나는 몇 번이나 읽었다. 원인을 몰라 치료 가능조차 알 수 없는 환자를 세심하게 관찰하고 함께 고민했다. 올리버 색스는 병명으로 환자를 옭아매어 절망으로 떨어뜨리지 않았다. 뇌 기능의 어느 일부분이 결핍이나 과잉으로 손상된 현상만 말해준다. 설령 병명을 알더라도 환자가 어떤 세계를 살아가고 있는가만 알려고 했다. 환각을 화폭에 담아냈던 사람, 음악을 통해 기억의 혼란을 견뎠던 사람들을 '비정상'으로 보지 않았다. 오히려 신경학이라는 거대한 무대 위에 서 있는 독특한 배우로 이해하려 했다. 진단보다 이야기에 귀기울였고, 증상보다 존재를 보듬었다. 병을 제거하지 못하더라도 인간으로서의 존엄을 지켜주는 것이 의사의 일이라는 것이다.

그날 나를 진료한 의사도 그랬다. 처방은 소화제였지만, 나는 삶 전체를 위로받고 나왔다. 진단서보다 따뜻한 시선, 약보다 공감이 먼저였다. 진심으로 환자와 공감하며 인간적으로 접근하는 방식을 썼다. '의사란, 병을 만나는 게 아니라 환자를 만나는 사람'이란 말은 이런 의사를 두고 한 말이 아니겠는가. 숨겨진 사실을 의심하고 찾아내는 의지, 열정을 갖고 최선을 다한 의사 올리버 색스를 만나고 나는 나의 올리버 색스를 회상하였다.

귀공자 냄새

골목 슈퍼 앞에 차를 세운다. 일주일간 여름방학을 하고 어린이집 등원 첫날 아침이다. 물놀이를 갔다온 아이 얼굴이 새까맣게 그을렸다. 외할머니 집에서 바닷가에서 놀고 온 아이의 이야기가 재미있다.

오늘도 여전히 쌍둥이가 늦어 기다리는데 슈퍼 아주머니가 다가왔다.

"원장님, 이제 속시원하시겠어요."

"네? 왜요, 어머니?"

"아니, 쌍둥이네 땜에 좀 신경을 썼어야지. 이사 갔으니 이제 아침마다 그 난리는 안 치잖아요."

이사? 두 다리의 힘이 쭉 빠진다. 밀린 원비는 어쩌고? 하마터면 그 말이 입 밖으로 나올 뻔했다 쌍둥이네만 원비가 몇 달째

밀렸다. 한 달치만이라도 보내달라고 누누이 부탁했다. 등원하면 나는 쌍둥이 가방부터 열어보았다. 언제 주겠다는 약속도, 왜 늦어지는지 핑계도 없이 원비 봉투 두 개는 날마다 비어 있었다. 아예 꺼내보지도 않은 채 넣고 다닌다.

유난히 손이 많이 갔던 쌍둥이다. 아침 차 운행 시간서부터 늦게 나와 애를 먹였다. 다음 차례에 태울 아이 걱정에 내 속이 타들어갔다. 할 수 없이 슈퍼 아주머니에게 쌍둥이가 나오면 기다려달란다고 부탁하고 다른 아이 먼저 태웠다. 몇 번 마지막에 태웠더니 쌍둥이 엄마는 더 느긋해졌다. 등원 운행을 마쳤는데 데려가달라고도 했다. 동동거리며 가보면 이불은 널브러져 있고 지린내가 코를 찔렀다. 머리는 까치집이고 눈곱도 떼지 않았다. '어머니 이런 식으론 안 되겠어요. 애들 그만 보내세요'라고 말할 수 있다면 얼마나 좋을까. 원비 생각에 말을 못하고 양팔에 두 놈을 안았다.

어린이집에 오자마자 쌍둥이를 먼저 씻긴다. 아이들이 집에 가서 냄새나는 친구가 있다고 말을 할까봐 향 비누를 쓴다. 예비로 갖다놓은 옷 중 가장 환한 색으로 골라 입힌다. 둥글넙적하고 허여멀건한 얼굴에 크림을 듬뿍 발라준다. 가르마를 타서 머리를 빗겨놓으면 귀공자가 따로 없다.

"애들아! 여기 귀공자가 탄생했네. 오구오구 귀공자 냄새."

원비를 생각하면 밉다가도 이렇게 이쁜 천사가 어디 있는가. 쌍둥이도 관심받는 걸 아는지 내 뺨에 얼굴을 비빈다. 두 돌 지난 쌍둥이는 영리하고 집중력도 뛰어났다. 동화를 들려주면 책에 코가 닿을 만큼 빠져든다. 차어 대한 집착도 강하다. 친구들은 붕붕카를 타다가도 내주었다. 쌍둥이가 결석하는 날은 빼곡한 숲에 시원한 바람이 통하는 듯했다.

나는 작은아들이 초등학교에 입학하며 이 일을 시작했다. 방과 후에 간식도 챙겨 먹이고 숙제를 봐줄 수 있으니 안성맞춤이었다. 무엇보다 내 눈앞에 있어 안심되었다. 오전반 아이들이 가고 나면 오후 프로그램은 좀 느슨하다. 자유놀이 시간에는 형이랍시고 어린이집 애들과 놀아주었다. 그런데 날이 갈수록 아이들이 미처 생각지도 못하는 놀이를 하여 말썽을 가르치는 꼴이 되었다. 애들을 약 올리고 울릴 때는 선생님들의 눈치가 보여 야단을 치지 않을 수가 없었다. 저도 불편했던지 집에서 놀겠다며 내 시야에서 벗어났다. 학원도 제멋대로 다녔다. 퇴근 후 집에 와보면 놀이터에서 놀고 있거나 소파에서 쪼그리고 자고 있었다. 나는 숙제 검사와 학원 수업을 체크하겠다던 생각을 접고 아이가 좋아하는 밥상을 차렸다.

어느 날, 작은아들이 칠판 글씨가 안 보인다고 하였다. 키가 작아 맨 앞자리에 앉는다. 가운데 쿤단으로 옮겨도 마찬가지였다. 안과에 데리고 갔다. 시력검사를 하고 안경을 쓰면 되겠거니 했다. 그런데 의사 선생님은 시력이 문제가 아니고 과도한 스트레스에서 나타난 정신적인 문제라고 잘라 말했다. 아들 손을 꼭 잡고 난간을 의지해서 계단을 내려왔다. 아이가 "엄마 나 정신병자래?"라고 묻는데 다리가 휘청거렸다. 일시적인 현상이라지만 내 손길이 닿지 않아 생긴 일이었다.

목줄에 매달고 다니기 싫다는 집 열쇠가 천 근짜리 쇳덩이로 보였다. 내 자식을 힘들게 하면서 나는 진정 남의 아이를 잘 봐줄 수 있을까. 소중한 내 아이의 건강을 잃는 건 내 생에서 백해무익이다. 일에 대해 혼란스럽던 차에 쌍둥이의 이사는 사람에 대한 신뢰까지 흔들리게 했다. 쌍둥이 엄마도 속으로 곪고 있는 문제가 있었을 텐데, 내가 먼저 속사정을 헤아려주었다면 도망치듯 떠나가지는 않았을까. 구차한 변명이라도 들었다면 나는 어땠을까. 나는 서둘러 어린이집을 정리했다.

화창한 봄날, 백화점 구두 행사장에 갔다. 이월상품이지만 유명 브랜드의 대폭 할인이었다. 맘에 드는 구두를 고르고 내려오다 정품 매장을 지나치게 되었다. 점원의 응대를 받으며 구두를 신어보는 여자가 낯이 익다. 어렴풋하지만 분명히 어디서 본 것 같다. 설핏 그녀와 눈이 마주쳤다. 나를 알아보지 못하는 걸 보면 서로 대수로운 관계는 아니구나 싶었다. 구두를 사들고 가는 여자의 옷차림에서는 귀티가 좔좔 흘렀다. 뒤따라 걸어가는 두 청년은 아들 같은데 훤칠하게 생겼다. 그녀는 상행선, 나는 하행선 에스컬레이터를 타려고 아슬아슬하게 비껴가는데 가당치도 않은 귀공자 냄새를 맡았다. 이십여 년 전 어린이집에 다닌 쌍둥이 모습이 보였다.

나는 쇼핑백을 들고 행사장과 정품 매장으로 몇 번이나 오르내렸다. 마치 과거와 현재 사이를 헤매듯, 발걸음이 자꾸 엇갈렸다.

피아노 치는 여자

초인종이 울렸다. 문을 열어보니 젊고 늘씬한 여자였다. 그녀는 위층에 새로 이사를 왔다며 뽀얀 망개떡을 들고 서 있었다. 누가 오고 가는지도 모르는 요즘, 이사떡이라니, 따뜻한 이웃을 만난 것 같았다.

아침나절 위층서 피아노 소리가 들려왔다. 집에서 피아노 소리를 듣는 건 참 오랜만이다. 창을 타고 들어온 바람과 어우러진 멜로디에 베란다에는 음표가 떠다니는 것처럼 생동감이 느껴진다. 화초에 함초롬히 맺힌 물방울이 더욱 싱그러워 보였다. 그녀의 피아노 소리는 화간접무花間蝶舞 같았다.

두어 달쯤 지났을까. 위층에서 아이들 소리가 났다. 사실 그동안 애들이 없나 궁금했었다. 아이들 소리가 반가웠다. 하지만 아이들이 온 뒤로 피아노 소리가 끊겼다. 대신 우리 집 거실 전

등이 딩딩당당 울렸다. 저러다 전등이 떨어지는 건 아니겠지. 더러 애들 울음소리가 나고 야단치는 목소리가 크게 들렸다. 그 울음소리는 하루에도 몇 번씩이나 들렸지만 저녁으로 심했다. 더욱 거슬리는 건 그녀의 새된 소리였다. 첫 이미지와 상상하던 피아노 치는 모습이 완전히 빗나가고 있었다.

엘리베이터에서 그녀를 만났다. 눈이 마주치자 그녀는 살짝 묵례를 하고 남자 아이들을 구석으로 세웠다. 서너 살쯤의 연년생으로 보였다. 나는 어린이집에서 아이를 맞을 때처럼 한 음을 높여 친구들 안녕, 말을 걸었다. 날뛰던 정도로 봐선 표정이라도 짓궂을 줄 알았는데 반응이 없다. 나는 그녀에게도 피아노 소리가 참 좋더란 말을 하려다 숨을 삼켰다. 축 늘어진 스웨터처럼 그녀가 너무 초췌하게 변해 있었다.

분리수거를 하러 내려갔던 날, 주민 몇이 이야기를 하고 있었다. 경비아저씨가 나를 보고는 아래층이 제일 힘드실 거라는 걸 보니 위층 여자 얘기였다. 아저씨가 뭐라 말하기는 곤란한지 자리를 떴다. 나도 이젠 참는 데 한계를 느낀 지점에 이르렀는데 누군가가 우울증인가 하는 것이다.

어린이집에 근무할 때 우울증을 앓던 엄마가 있었다. 개나리꽃이 담장을 뒤덮고, 덩굴장미가 만발해도 밝은 표정을 보지 못했다. 어린이집 차에서 내린 아이를 양팔 벌려 맞이하는 걸 못

봤다. 엄마 품에 덥석 안기지 못하는 아이가 안쓰러웠다. 아이들은 본능적으로 엄마에게 달려가고 원에서 있었던 일들을 말하고 엄마와 손잡고 구멍가게에 갈 기대가 있다. 나는 일부러 그 아이를 맨 나중에 내려주었다. 어린이집에서 일어난 소소한 일들을 꺼내 말을 붙여보았다. 축축한 한지 같은 그녀는 깊은 속은 드러내지 않았다. 얼마 후 아이는 외할머니집 옆으로 이사를 간다면서 떠났다.

위층 여자가 분리수거 상자를 들고 내려왔다. 헐렁한 슬리퍼가 무거워 보인다. 납작한 발에 앙상한 골이 깊게 패었다. 속이 다 보이는 어항 속 물고기처럼 가녀린 손등엔 실핏줄이 다 드러났다. 얇은 카디건이 흘러내릴 것 같은 어깨는 힘에 겨워보였다. 금쪽같은 아이를 무릎 앞에 놓고도 행복하다고 말 못하는 그녀의 고충은 무얼까. 대부분의 엄마들이 힘들어하면서 아이들을 키운다. 아무리 힘들어도 내 아이를 보는 순간 고단함이 사라진다. 유아기에 불안한 정서가 인성에 얼마나 지대한 영향을 미치는지 모르진 않을 것이다.

그날은 애들 야단치는 소리가 너무 심해 올라갔다. 층간소음을 내세우며 흐름을 끊고 싶었다. 아이를 울리는 이유도 궁금했다. 문 앞에 서서 흘러나오는 말을 들어보았다. 엄마도 일하고 싶어. 너네들 때문에 일도 못하고 답답하다는 그녀의 말은 절규에 가까웠다. 아이와 그녀가 딱하다. 나는 차라리 그녀가 엉엉 소리내서 울었으면 좋겠다.

위층은 한동안 잠잠했다. 나도 오랜만에 베란다로 나가 가을볕을 쬐었다. 고요히 화초를 들여다보았다. 해마다 노란 꽃이 피는 신비디움 이파리에 피아노 건반처럼 검은 점이 쪼르르 박혀 있다. 손 갈 일 없던 염좌 잎도 끈적거린다. 몇 달 전에 잎을 닦아주고 진드기 약을 뿌려줬다. 약의 설명서를 보면 만병통치인데 잎이 납덩이같이 생겼다. 흙에는 모종삽도 안 들어갔다. 물을 흠뻑 주어도 배수가 안 되었겠다. 뿌리는 숨쉬기도 힘들었겠다. 신문지를 펼쳐놓고 흙을 퍼내는데 팔뚝 굵기만 한 대가 퍼석, 하고 부러졌다. 속이 새까맣게 썩어가는데 그동안 나는 물만 주고 있었다.

흙 묻은 신문지를 걷어내는데 기사 제목이 눈에 띄었다. '내년부터 출산장려금 지원 대폭 확대, 양육보조금 출산장려금 통합, 대폭 지원'. 육아에 전념하자니 경단녀가 되고, 외벌이로는 아이를 키울 만한 경제력이 없고, 그래서 아이 낳길 꺼리는 부부에게 내놓은 대책이란 내용이었다. 아이 엄마들은 이 정책으로 희망이 생겼을까. 기사를 읽으며 나는 위층 여자가 치는 피아노 소리가 들리길 바랐다.

베란다 유리 너머 고추잠자리가 날아간다. 아파트 마당에서

비둘기는 모래를 쪼고 있다. 경비아저씨는 떨어진 낙엽을 쓸어
담는다.

고독은 그렇게 말을 걸었다

1. 돌쇠

돌쇠 얘기에 귀가 솔깃했다. 한번도 그를 본 적은 없었다. 복희 씨가 남편 동창들과 부부동반으로 휴가를 다녀왔다면서 펼쳐놓은 이야기에 돌쇠가 있었다.

모임의 일원인 돌쇠집이 피서지였다. 사방을 둘러봐도 하늘과 나무뿐인 첩첩산중에서 돌쇠는 혼자 살고 있었다. 사람이 그리웠는지 그는 산 아래까지 친구들 마중을 나와 싱글벙글했다. 능이버섯찌개도 한솥 가득 끓여놓았다. 육십 중반의 남자들은 젊은날의 시시한 무용담을 펼쳐놓고 신명이 났다. 잘 익은 약초술을 마시면서 밤새도록 세월을 되감고 달궜다. 돌쇠는 말문이 터진 아이처럼 흥분했다.

젊어 한때 그는 운동선수였다. 건장한 체격에 용모가 출중하였다. 건달기까지도 멋져서 지역에선 꽤 이름을 날렸다. 많은 여자를 울렸다는 전설이 따라다녔다. 그 명성에 걸맞게 지역의 미스코리아와 결혼했다. 어살버살해도 건달과 미스코리아의 일상은 화려했다. 친구들이 질투마저 할 수 없을 만큼 환상적인 부부였다. 사업도 잘 풀려 부러움의 대상이었다. 권불십년이라 던가. 어느 해 그가 아내와 헤어졌다는 소식이 들렸다. 가족들은 해외로 떠나고 그는 혼자서 오지 중의 오지로 들어갔다. 그때부터 친구들이 돌쇠라고 불렀다.

하룻밤을 묵고 그녀 일행은 차에 올랐다. 그새 돌쇠는 봄에 뜯어말린 산나물을 앞앞이 실어놓았다. 차가 움직이고 돌쇠는 어정쩡하게 서서 손을 흔들었다. 눈바래기하는 모습을 보는 순간 복희 씨는 눈물이 솟구쳤다. 자신도 모르게 한번 쏟아지기 시작한 눈물을 걷잡을 수가 없었다. 굽이진 비탈길을 다 내려오도록 미친 여자처럼 울었다. 남모르게 돌쇠를 사모했느냐, 만리장성을 쌓은 것도 아닌데 왜 그렇게 우느냐고, 일행들은 의아해하면서 그녀를 달래려고 농담을 던졌단다.

평소 냉정할 정도로 이지적인 그녀와는 너무나 다른 모습이었다. 다정다감한 성격도 아닌데 왜 그렇게 울었을까. 그 남자의 초라함을 동정한 것일까. 앞니가 다 빠지고 비쩍 마른 촌로가 되어버린 그가 안쓰럽긴 했으나 돌쇠는 산속 생활에 흡족해

보였다고 했다. 그녀가 산자락에서 이별할 때 만난 것은 단지 자기 안에 눌어붙은 외로움이었을까.

2. 나비장

돌쇠네를 다녀온 이튿날 바로 그녀는 큰오빠를 찾아갔다. 큰오빠는 중병을 앓던 올케를 떠나보내고 엄마집에서 살고 있다. 몇 해 전 엄마도 하늘나라로 가셨다. 외동딸이고 막내라선지 그녀는 엄마와 정이 각별했다. 아버지가 교장 선생님이었지만 고만고만한 삼 남매를 가르치느라 엄마가 삯바느질도 하고 미제 제품을 떼어다 행상하셨던 걸 그녀는 보았다. 삼우제를 지내고 며칠 후 큰오빠와 엄마의 짐을 정리하려고 친정집에 갔다. 엄마의 손때가 묻은 물건 몇 가지는 챙겨오고 싶었다. 특히 엄마가 애지중지하던 나비장만큼은 꼭 갖고 싶었다.

그런데 큰오빠가 엄마 짐을 모즈리 없앴다. 나비장까지도 날짜 지난 신문을 내놓듯이 내다버렸다. 그냥 버렸다는 말에는 아무런 감정도 들어 있지 않았다. 엄마의 정서가 고스란히 담긴 나비장이 한낱 낡은 물건에 불과했을까. 맏아들이라고 엄마가 쏟아부은 정성은 차고도 넘쳤는데, 큰오빠가 야속하고 서럽기도 했다. 큰오빠에게 자식도 아니라면서 다시는 보지 말자고 뛰쳐나왔다. 그 길로 발길을 끊은 게 2년이 지난 것이다.

오빠네로 가는 도중 엄마가 다니던 미용실이 보였다. 파마할 때도 아닌데 느닷없이 들어가 파마를 하고서 갔다. 그런데 오빠는 마치 엊그제 만난 사람 같았다. 아무 일도 없었다는 듯이 "막내야 너는 어떻게 엄마처럼 머리를 볶았냐"라며 맞았단다.

결별을 선언한 건 그녀만의 감정일 수 있다. 나비장도 그렇다. 아들인 남자에게 한번도 써보지 않았던 나비장이 얼마나 애틋했겠나. 남자와 여자가 지닌 근원적인 가치의 다름이다. 오빠는 그녀가 왜 격조했는지, 세월이 그렇게 많이 흘렀는지도 염두에 두지 않았던 것 같다. 여동생이 어떤 마음으로 왔는지도 개의치 않았을 것이다. 혈육의 정을 끊을 만큼 엄마의 애장품으로 달래고 싶은 외로움을, 그게 때론 얼마나 아픈 것인가를, 그녀 혼자 다독였던 거였다. 비로소 나는 그녀가 흘린 눈물의 의미를 조금은 알 것 같았다.

3. 자개장

내 둘째언니의 신혼은 아랫녘에서 시작했다. 언니 마음을 헤아려 형부는 우리 식구들을 자주 불렀다. 산골에선 구경하기 어려웠던 기차를 서너 시간이나 타는 건 가슴 설레는 여행이었다. 차창 밖으로 펼쳐진 생경한 풍경을 보는 게 즐거웠다. 배롱나무 꽃도 처음 보았다. 해 기울 무렵 작은 기차역에 도착하면 꽃무늬 월남치마를 입은 언니가 마중을 나왔고 같이 걸어가는 길이 좋았다.

이삼 년쯤 지났을까. 언니집 안방에 장롱이 바뀌었다.

"언니, 장롱이 왜 이래요? 자개장은 어딨어요?"

언니는 생애 첫 살림인 혼수품으로 자개장을 들여놓았다. 살면서 개비하기는 어렵다고 큰맘 먹고 장만했다. 독채로 떨어진 신혼집 안방이 기다랗게 생겨 윗목에 놓기에는 폭이 약간 좁았다. 좁은 쪽에 화장대를 놓고 길이로 놓았더니 손색이 없었다. 방문을 열면 정면에서 자개장이 휠하게 빛났다. 밝은 기운이 방안에 가득 찼다고 시댁 식구들도 좋아했다. 그 동네에선 모두 사모님이라 불리는 안집 주인도 서울 물건이라 다르다면서 부러워했다.

"그냥, 사모님과 바꿨어."

언니는 말을 우물우물 삼켰다. 어쩌자고 자개장을 사모님네 안방에다 턱 허니 옮겨놓고 사모님이 쓰던 나무장을 신혼 방에 들여놓았을까. 일가친척 하나 없는 서울내기라고 먼 친척 동생 같이 대해주던 사모님이다. 입덧할 때는 반찬을 챙겨준다고 언니는 몇 번이나 말했다. 사모님 남편이 낚시를 다녀오거나 삼겹살을 굽는 날엔 두 집이 만찬을 즐겼다. 내가 갔을 때 한번은 시래기붕어찜을 푸짐하게 차려주었다. 술 좋아하고 너울 가지 좋은 형부와 입담 좋은 사모님은 꿍짝이 잘 맞았다. 형부는 설비 일을 하였는데 공사를 끝내야 결제를 받을 수 있었다. 큰 공사를 따내고 자금이 부족해 쩔쩔매면 시동생이라도 된 듯이 걱정해주던 사모님이다.

나는 밖으로 나와 무추름히 서서 하늘만 올려다보았다. "애 키우다보면 다 찍히고, 끌고 이사 다니다보면 좋은 장롱 다 버린다고…." 누구의 의견인지 언니는 따로 말하지 않았다. 언니는 얼마나 서럽고 고독했을까. 가슴 한복판이 뻐근해서 나는 명치를 들어올렸다.

여자에게 혼수 장은 살림 1호다. 새댁에게는 미래를 담는 성城 같은 존재다. 여자에게 장롱은 친정이며 고향이 아닌가. 형부는 내 집 사면 더 좋은 장을 사주겠다 했지만, 신혼 장의 의미는 이미 상실되었다. 언니의 신혼생활을 몽땅 도둑맞은 것 같았다. 형부 사업 선전에 터줏대감 격인 사모님의 입심이 두려웠을까. 언니가 너무 숙맥이었는지, 거절할 수 없는 분위기에서 빨리 포기를 했는지는 알 수 없었다. 나도 더 이상 묻지 못했다.

몇 년이 흘렀다. 언니는 마당 넓은 집을 샀다. 두 아들이 축구를 해도 좋게 생긴 안방에 새 장롱도 들여놓았다. 농담으로라도 언니가 장롱에 얽힌 이야기를 할 줄 알았는데 끝내 아무 말도 없었다. 한번도 장롱 얘기를 하지 않았던 형부는 자개장을 완전히

망각한 건가. 언니의 침묵과 형부의 침묵에는 엄청난 거리가 있
는 것 같다. 살다보니 마음으로 놓아주어야 하는 것들이 있다.

청담동 소나무

여름 산사태가 났을 때 나는 뿌리째 뽑혔습니다. 계곡으로 쓸려가다 간신히 참나무 밑동에 걸렸어요. 가까스로 목숨은 건졌으나 장마 끝 땡볕에 잔뿌리가 바스러질 지경에 이르렀어요.

정신을 잃을 즈음 아저씨가 나를 데려다 집 옆에 심었어요. 나는 사흘 굶은 사람 밥상 받은 듯 물을 빨아들였지요. 아저씨는 나를 손주 돌보듯이 살핍니다. 시원한 막걸리도 부어주고요. 혹한에도 독야청청해야 할 내게 볏짚을 엮어 허리춤에 닿는 옷을 입혔어요. 집 뒤에서 미끈하게 자란 소나무가 용마루 너머로 고개를 빼고 나를 봅니다.

어느 해 을씨년스런 늦가을, 서울에서 아저씨 조카가 왔어요. 오랜만에 온 그가 나를 이리저리 훑어보네요. '우리 집 정원에 어울리겠어.' 혼자 말을 하더니 내년 봄엔 나를 캐가겠다고 아저씨께 말했어요. 옛날 할아버지는 자손들이 오순도순 모여 살라고 옆옆에 집을 지어 한 채씩 주었지요. 할아버지가 돌아가시면서 집터는 제사 몫으로 장손에게 주자고는 했습니다. 집이 본인 명의라고 나무까지 캐가겠다니 불손하네요. 앉으려던 까치도 낌새가 이상했는지 날아갔어요.

"그건 안뎌. 낫자루만 한 걸 주워다 내가 기른거여." 아저씨가 단호한 건 처음 봅니다. 조카와의 정리情理를 생각해 거절하지 못할 거란 나의 예상은 빗나갔어요.

맘이 뒤숭숭하네요. 서울집 정원에 서 있는 내 모습을 상상하고 있습니다. 별로 존재감 없는 이곳에서 벗어나보고 싶었나봐요. 사람들은 대추나무는 고개를 젖히고 봐요. 감나무 앞에서는 매번 맛이 좋다고 추켜세워요. 옷 잘 입는 단풍나무에게는 감탄사를 연발하고요. 고개 너머 은행나무를 환희심으로 바라보지만 내겐 무심해요. 비록 휘었어도 우직하고 고고한 나는 여벌이에요. 아줌마가 오 남매 키우며 농사일에 바쁘다지만 내 휘어진 허리 한번 곧추세워주지 않아요. 만날 서자 대하듯 했지요. 청량한 솔향을 왜 모를까요.

서울 조카가 몇 번 더 다녀가고 이듬해 봄, 나는 트럭에 실렸어요. 과실나무들이 나를 부러워하는 게 보였습니다.

"집 뒤 미끈한 나무도 있는데 왜 휘어진 나를 데려가지?" 나는 허세를 부렸어요.

"네 멋대로 자라 개성 있잖아. 성깔 좀 있으면 어때. 요즘은 너처럼 표출해야 해."

그의 칭찬이 나쁘지 않았어요. 그렇지만 만만하게 보이면 안 될 것 같았어요. 휘어진 건 내가 살아낸 시간이에요. 살기 위해 누구에게나 휘어진 곡선이 있다는 걸 알고 있어요. 나를 길러준 아저씨 마음도 지금 또 한 뼘은 휘어질 테지요. 내 맘을 읽었으니 그걸 삭이실 겁니다. 멀어지는 집 앞에 오도카니 서 있는 모습은 아주머니 같아요. 나는 고개를 돌렸어요.

서울집은 담장이 무척 높네요. 정원사는 나를 연예인처럼 꾸며놨어요. 와인을 마시며 잔잔한 음악이 깃든 가든파티도 근사했어요. 고급 양복을 입은 사람들이 나를 한번씩 바라보고 고개를 끄덕였어요. 어느새 나는 청담동 이사님 댁 소나무가 되어 있었습니다.

겉으론 도도한데 허전함이 무시로 찾아오네요. 정원의 나무들과 분재, 수석들, 연못의 잉어, 이들은 서로 말을 걸지 않아요. 조명등 불은 센서로 켜졌어요. 나쓰메 소세키 소설 「도련님」에서 "나는 나쁜 짓을 하지 않았는데 왜 이렇게 불편한 걸까"라는 그 말이 떠올랐어요. 도련님은 촌스럽지만 정직하게 자기 방식대로 옳게 살아가는데 정작 도시는 그 정직함과 촌스러움에 웃었지요. 시대나 공간에 맞지 않는다는 감각에서 온 그 불편함. 목소리는 낮고, 웃음은 절제되고 말하지 않아도 서로를 이해하는 듯한 시선. 분명 나를 무시하는 건 아닌데, 이게 문화의 다름일까요. 나는 어중간한 느낌이데요. 투덜거릴 명목도 없어요. 소외감은 단지 내 감정이겠지요. 새들과 작은 짐승에게 쉼터로 내줬던 가지도 연약해졌어요. 나무 냄새도 아니고 밥 냄새가 나지도 않고 아무 냄새도 나지 않는 냄새, 이 집에선 하늘 냄새만 났어요.

나는 하늘을 바라보는 버릇이 생겼어요. 밤이면 정수리까지 내려와 놀아주던 달을 찾아보았습니다. 만 리를 비춘다는 달은 빌딩 사이에 잘려져 조각으로 걸려 있다 사라졌어요. 빛은 허공에서 뿌옇게 퍼지고 말아요. 무심한 이곳 공기처럼 제 갈 길만 가는가봐요.

그 흐릿한 빛을 따라가다 나를 마주했어요. 어떻게 살아왔는지, 무엇을 버티고 지나왔는지, 시간이 남긴 무늬 같은 거지요. 각기 결이 다르듯 그 무늬도 다름을 알았어요. 작은 몸으로 긴 시간을 받쳐내던 아줌마의 그 무심함도 그만이 품는 방식이었겠어요. 말이 없던 눈길, 바쁜 듯 돌아서던 뒷모습이 조금씩 읽히기 시작했어요.

빛은 때때로 드러나는 것이 아니라, 단지 가려져 있었던 건지도 모르겠습니다. 나는 처음으로 청담동에서 낮달을 보았습니다. 오랜만에 숨을 깊이 들이켰습니다.

유주, 빛을 향한 가지

탱자나무가 울창하게 둘러친 큰 집을 지났다. 아홉 살 아이는 그 앞을 지나 한참을 더 숨이 차게 올라갔다. 실바람에 댓잎 소리가 스산하다. 탱자나무 가시가 위안이 될 것 같았지만, 그의 오두막집엔 울타리도 없었다. 무의식 속에서 그가 기댄 건 풀숲에 서 있는 은행나무였다.

아이는 냇가에서 물놀이하는 것이 즐거웠다. 외딴집으로 돌아올 때는 다시 땀범벅이 되더라도 여름은 행복했다. 적어도 돌멩이에 맞기 전까지는 그랬다.

"냇가서 먹을 감는디 순간적으로 정신이 띵혔시여. 친구눔이 장난삼아 던진 돌에 맞아, 그날로 시력을 잃었당게요."

땡볕 내리쬐는 허허벌판에 동그마니 서 있는 사내아이가 어른거린다.

그를 만난 건 시각장애 어르신 자서전 대필 봉사자로 동참하면서다. 내 나이 회갑을 맞은 해였다. 대필 작업이 부담스럽긴 했지만 이런 의미 있는 일을 할 기회가 어쩌면 다시 없을 것 같아 신청서를 냈다.

그는 홀어머니 밑에서 자랐다. 어머니는 새벽 어스름에 일을 나가 한밤중에야 돌아왔다. 졸음을 참으며 어머니가 적삼 속에 숨겨온 주먹밥으로 허기를 달랬다. 엄마 손이 빈손이면 냉수로 속을 채웠다. 풀뿌리조차 뽑아먹을 기운이 없던, 가수 진성의 〈보릿고개〉 노랫말이 바로 그의 이야기였다. 형과 여동생이 있었지만 학교 가라 채근하는 어른이 없었고 애꾸라는 놀림이 괴로워 등교를 기피했다. 의욕을 잃고 놓아버린 책보, 결국 초등학교 3년이 최종 학력이다.

열다섯 봄, 친척집 머슴으로 들어갔다. 주린 배는 채웠지만 지게보다 작은 몸으로 감당할 농사일은 힘겨웠다. 소에게 꼴 먹이는 참에 잠깐 쉬면서 들녘을 바라보는 게 낙이었다. 은행나무 잎이 노랗게 물들었다. 나무에 맺힌 열매도 익어가는데, 자신의 앞날을 골똘히 생각하다 고삐를 놓친 날도 있었다. 죽지 않을 만큼 혼난 것보다 머슴으로 얻는 것이 고작 밥 한 끼가 전부라는 사실이 슬펐다.

굶더라도 기술을 익히자고 그는 만경강을 건너 서울로 왔다.

왜소한 데다 장애인에 대한 시선에 도시는 냉랭했다. 학력 때문에 위축되어 평생을 소규모 쇠공장만 돌아다녔다. 기계와 한 몸이 되어 일하다 손마디가 잘리고, 더러 월급을 못 받고, 믿고 의지하는 사람에겐 돈을 떼이기도 했다. 도움이 필요한 약자는 오히려 속기 쉬웠다. 도움보다 자생할 힘을 키우는 게 필요하단 걸 알았다.

아주 오랜 기억의 조각들을 끄집어내서 퍼즐을 맞추는 건 녹록지 않았다. 해도 해도 끝이 없는 고생담과 성장기마다 끝맺음은 한恨이었다. 편견과 공평치 못한 시선, 주눅든 자신을 드러내는 데 서툴고 여유 없는 삶에 지쳐서 자신의 내면은 들여다볼 줄도 몰랐다.

대필 원고를 정리하던 어느 날 우연히 인천 내동의 한 교회에 가게 되었다. 한국전쟁에 참여한 영국 병사들과 유가족들이 전몰장병을 추모하고 교회를 세우기 위해 헌금을 모아 세운, 우리나라 최초의 대한성공회 교회였다. 이 나라에 교리를 전파하려던 주교는 나룻배 한 척으로 전쟁에 나가는 기분이라고 했단다. 유교사상이 깊은 나라에서 자리잡기까지 많은 핍박과 억압받았던 역사를 교회는 묵묵히 간직한 채 자리를 지키고 있다.

교회 뒤편에 은행나무 두 그루가 있다. 가을볕을 흠뻑 들이킨 나무는 노란 잎을 융단처럼 깔아놓았다. 그런데 아름드리나무의 쭉 뻗은 가지에 어미 소 젖통같이 생긴 물체가 여러 개 달렸다. 혹처럼 흉하게 생겼다. 왠지 아파 보인다. 그 덩어리는 유주乳柱였다. 젖 모양의 가지 유주, 땅속 뿌리만으로는 부족한 숨을 허공에서 보충하기 위하여 드러낸 숨구멍 같은 존재란다. 몇백 년을 산 나무에만 생긴다. 줄기에 상처를 입었을 때 자가치유로 만들어낸 젖가지는 상처와 생존의 증거 같았다. 교회가 겪은 온갖 수난을 오롯이 보면서 자랐을 은행나무, 유주는 그 원뿌리를 돕는 기능이라니 은행나무가 살아가는 특별한 생존법이 아닐까.

자서전 쓰기에 참여한 장애 어르신들은 공무원, 사업가, 예술인, 장사하며 자식을 훌륭하게 키운 어머니, 모두 우리 이웃이다. 선천적 장애도 있지만 질병과 사고로 한순간에 빛을 잃었다. 세상을 다 잃은 듯한 절망. 방황했고 좌절했던 사연이야 말해 무엇하랴. 그걸 이겨낸 감동에 또 울컥했다. 우리는 기본적인 것을 온전히 지니고도 어렵다 하는데 보고 듣는 기능을 잃고 살아온 장애 어르신들, 그걸 극복하며 꿋꿋하게 살아내느라 어쩌면 마디마디 곳곳에 무거운 유주를 달고 사신 건 아닌지.

어르신은 "성공한 사람들이 쓰는 게 자서전이지. 당신 같은 사람이 무슨 자서전이냐"며 주위에서 비웃더라고 했다. 고생한 얘기뿐이니 그럴 만도 하겠단다. 성공의 기준과 가치를 누가 정하는가. 한눈팔지 않고 올곧게 가정을 지켜온 어르신이야말로 성공한 인생이 아닌가. 화려한 업적을 과시하며 자랑 일색인 자서전은 읽어도 감흥이 없다. 비록 명예와 재물은 미흡해도 든든한 남편. 자상한 아버지, 부끄럽지 않은 자신으로 지금의 자리를 지켰다는 평범한 이야기가 더 가슴 훈훈하다.

대필을 마치던 날 어르신은 친척들 대화에서마저 열외였는데 이제라도 자신을 표현하는 데 한발 나아갈 수 있겠다고 했다. 비록 내가 쓴 글이 어르신 삶을 온전히 담아내진 못했어도 가슴에 맺힌 응어리는 풀어낸 것 같다. 너게도 봉사라곤 했지만 자신을 돌아보는 수행의 시간이었다.

코로나19로 몇 차례 중단되고 거리두기를 하면서『어둠 속에서 찾은 빛』은 세상에 나왔다.

바쁘다 콩

"콩만 한 녀석이 까불고 있네."

아줌마 말에 사방을 둘러봤다. 하지만 나만 한 녀석은 보이지 않았다. 아줌마 발뒤꿈치에서 알짱거리는 봉봉이(강아지)가 귀여워서 하는 말이었다. 사람들은 걸핏하면 나를 여기저기에 잘도 갖다붙인다.

아줌마가 저녁 식탁을 차렸다. 아저씨는 밥을 복스럽게 먹는다. 검정콩을 두어 단맛이 난다는 아저씨 찬사에 검정콩이 우쭐한다. 아저씨와 검정콩은 동지애 같은 연민이 있다. 어릴 적 아저씨의 도시락 반찬이 주로 짭조름하게 졸인 콩자반이었다. 친구들이 토끼똥 싸왔다고 놀렸으니까. 둘 다 놀림받은 설움 같은 거다.

나는 대두(누런콩), 콩 세계의 시조다. 피부색에 따라 흰콩(누런콩), 검정콩으로 불리지만 우린 검다고 멸시하진 않는다. 아니 뽀얀 나보다 오히려 까만 콩이 더 대우를 받는다. 검정콩과 비슷하나 서리를 맞아야만 수확하는 서리태도 있다. 노화예방과 인체 내 항산화 효과가 높다 하면서 콩 세계의 대세라고 뻐긴다. 재배지로 이름을 얻은 콩도 있다. 파주 장단면에서 생산하는 장단콩이 있고 대풍콩은 포천 창수면에서 수확하는데 큰바람에도 쓰러지지 않고 병충해에 강하다.

'자주 꽃 핀 건 파 보나마나 자주감자고 하얀 꽃 핀 건 파 보나마나 하얀 감자'라는 시구처럼 쥐눈이콩, 병아리콩, 부채콩, 작두콩은 물어보나마나 모습이 닮았다. 호피 무늬라 부르게 된 호랑이콩, 힘세다고 착각하면 안 된다. 혹시 선비콩은 아는가. 완두콩과 흡사하게 생겼는데 유래는 이렇다.

옛날에 과거 보러 가던 선비가 주막에서 하룻밤을 묵었다. 그때 밥에 둔 콩맛이 너무나 구수해서 선비가 붓끝으로 먹물 한 방울을 톡 묻혔다고 한다. 수험생을 둔 어머니들, 선비콩에 눈이 번쩍하겠다. 장원급제하듯 원하는 대학에 척척 합격할지도 모른다.

강낭콩, 완두콩, 울타리콩, 고소한 땅콩과 밤맛나는 검정 밤콩…. 자손들이 번성하여 이름도 귀 못 외운다. 그뿐인가, 제비콩, 렌틸콩 해외 유학 다녀왔다. 그리 대접받지 못하지만 우리

세계에선 무슨 파派니 무슨 당黨이니 파벌싸움도 없고 줄타기도 없다.

어라, 아줌마는 밥에 든 콩을 골라놓는다. 자식한텐 편식하면 안 된다면서. 아줌마는 콩나물을 가장 하질로 취급한다. 콩나물 국밥을 업신여긴다. 성인병 때문에 육식을 자제하는 환자들이 콩에서 단백질을 섭취하는데 말이다. 채식을 선호하는 사람들이 섭취하는 음식 콩고기인데, 나를 너무 띄엄띄엄 본 것 같다.

예전 나와 검정콩은 주전부리로도 최고였다. 볶거나 뻥 튀겨서 주머니에 넣고 다니며 한 줌씩 나눠먹었다. 조청에 묻힌 강정은 고급 간식에 속한다. 잔칫상에서 빼놓을 수 없는 인절미의 고물도 단연코 나였다. 팥고물은 온도에 예민하다. 시간 좀 지나면 엥 토라져 금방 쉬어버린다. 언젠가부터 계피, 흑임자, 카스테라가 고물계를 침범했지만 나는 넘사벽이다.

무엇보다도 대한민국 전통식품의 으뜸인 간장, 된장, 고추장 맛의 가치는 세계 각처에서 인정받았다. 그 주원료가 콩이 아닌가. 삶고 절구에 찧는 고통은 있다만 메주로 거듭나 고유의 장으로 환생하고, 장독대에 올라앉을 땐 희열을 느낀다. 메주로 가기 전 단계에서 한 무리는 일주일쯤 따뜻한 아랫목을 차지하고 영접받는다. 몸에서 끈적끈적한 진이 쩍쩍 일어나면 구수한 맛의 대명사인 청국장이 된다. 치매 예방에도 좋고 청국장 같은 목소리라 하여 일약 스타가 된 가수도 나왔다.

어? 손님이 왔다. 아쉬울 때만 가뭄에 콩 나듯이 오는 아저씨 막냇동생이다. 핸드폰 가게, 피자-집을 차렸다가 몇 차례 날려먹은 친구다. 사업자금을 한 번 더 보태달라 했을 때, 아저씨는 콩으로 메주를 쑨 대도 못 믿겠다고 단호하게 거절했다. 가게를 열자마자 고급 외제차부터 뽑은 사람이라 개가 콩엿 사먹고 버드나무에 올라가겠다고 호통을 쳤다. 아저씨는 볶은 콩에서 싹이 나겠나 싶으면서도 사업에 전념하라고 몇 번 타일렀었다. 마음이 콩밭에 가 있는 걸 보고 참다못한 아줌마가 이도 안 나서 콩밥을 씹느냐고 동생처럼 타일렀다. 자두연기煮豆燃其, 콩가루집안이 되기 직전이었다.

콩 한 쪽도 나누라던 부모님 말씀을 떠올리며 아저씨는 일찍이 기술을 배워 동생들 뒷바라지한 얘기를 꺼냈다. 막냇동생에게는 처음 하는 말이다. 부모님이 어떻게 살아오셨는지 말해주었다. 특히 흉년이 들었던 해에 콩을 장리 빚으로 얻었는데 그걸 갚지 못해 부모님이 수모당한 이야기를 해주었다. 다시는 동생을 못 보는 게 아닌가 우려됐지간 더 늦기 전에 착실하게 살길 바랐다. 그 후로 동생의 발길이 끊겼다. 물도 흐르다 구비를 치는 날이 있듯 아저씨는 기다렸다. 두 해쯤 지나 동생이 찾아왔다. 아저씨 회갑이라고 두둑한 봉투를 내놓았다. 아저씨를 아버

지 섬기듯 공손하고 번지르르했던 겉멋을 벗었다. 종두득두種효
得효. 그럼, 콩 심은 데 콩 난다.

별을 바라보는 아저씨 눈시울이 촉촉하다. 마치 별을 처음 보
는 사람같이 넋을 놓고 본다. 별은 항상 그 자리에 떠 있지만 도
시의 불빛으로 눈에 띄지 않았다. 형제 많은 집 맏이로 집안을
이끌어가는 일은 도시의 별 같은 존재랄까.

아줌마가 아저씨 뒤로 가 안아준다. 둘은 아직도 콩깍지가 걷
히지 않았나보다. 아줌마와 아저씨는 우리 조상님들처럼, 그러
니까 잎은 장아찌, 콩깍지는 소여물, 화력 좋은 콩대는 땔감으로
쓰고, 마지막 남은 재는 거름으로 쓰이듯 이 세상에 다 주고 가
겠단다.

어머, 어느 사이 안방 불이 꺼졌다. 달빛에 나뭇가지 그림자
가 난을 쳐놓았다. 나도 이제 한숨 자고 내일은 다른 집 좀 둘러
보련다. 어쭈구리, 내가 제 사료인 줄 아나. 봉봉이란 녀석이 앞
발로 나를 톡톡 건드린다.

조귀순 수필집

여치와 사담

지은이_ 조귀순
펴낸이_ 조현석
펴낸곳_ 북인
디자인_ 푸른영토

1판 1쇄_ 2026년 01월 15일

출판등록번호_ 313 - 2004 - 000111
주소_ 서울 마포구 동교로19길 21, 501호
전화_ 02 - 323 - 7767
팩스_ 02 - 323 - 7845

ISBN 979-11-6512-515-8   03810
ⓒ조귀순, 2026